恋するうさぎは先生に夢中

伊勢原ささら

幻冬舎ルチル文庫

CONTENTS

✦目次✦

恋するうさぎは先生に夢中

✦カバーデザイン= chiaki-k（コガモデザイン）

✦ブックデザイン=まるか工房

イラスト・陵クミコ✦

恋するうさぎは先生に夢中

周囲を囲むように植えられた桜の木は満開の花をつけ、公園全体の景色を優しい薄桃色に染めている。短い盛りの時期を逃すまいと集まった人々はそこかしこにシートを広げ、つかのまの癒《いや》しの風景を満喫している。

多くの人がひしめくにぎやかな場所から少し離れた片隅に、古びた木のベンチがポツリと置かれていた。ちんまりと座っているのは一人の高齢の婦人だ。

穏やかな微笑を口もとにたたえ膝《ひざ》の上にきちんと両手を揃《そろ》えて、彼女は静かに誰かを待っている。それを守るように頭上に伸びた枝から、ヒラヒラと桜の花びらが降っている。

「あ、ラッキ～！　穴場見～っけ！」

のぞく生足がまだ少し寒そうなミニスカートを翻し、若い女性がベンチを指差し弾んだ声を上げた。

「なんであそこだけ空《あ》いてるの～？　桜のすぐ下だし、めっちゃサイコーじゃんっ」

「お、おい、ちょい待った」

ベンチに駆け寄ろうとする腕を、連れの男があわてて掴《つか》む。

「あそこヤバいって。あれ、噂《うわさ》のベンチだよ」

「噂?」

青くなった連れの顔を見て女性は目を丸くする。

「出るんだよ、あそこに」

「出るって何が？」

「おばあちゃんの霊。何年か前にあのベンチでさ、散歩中だったおばあちゃんが心臓発作で死んでたんだと。それからずっと、そのおばあちゃんがあそこに座ってるんだって」

噴き出しかけた女性は、彼氏の大真面目な顔を見てさすがに青くなる。

「え、ちょっと、マジで？」

「大マジ。ガチもん。見たヤツ何人もいるって。だからあそこの周りだけ誰もいないんだよ」

雲一つない晴天で絶好の花見日和だ。広い公園の一番奥まった場所とはいえ、ベンチを中心にした周辺には確かに人の姿がない。

「やだ～、あたしそういうのホント無理なんだけどっ」

「行こうぜ。ほかんとこ探そう」

そそくさと逃げるように立ち去って行く二人の後ろ姿を、一人の青年が見つめている。

年齢は二十歳《はたち》そこそこの小柄で細身の若者だ。この季節にぴったりの桜色のパーカーと、デニムのジャケットはところどころ穴が空き、青空色のスニーカーは泥で汚れている。栗色の癖毛はボサボサで、どこかで転びでもしたのか手や頬《ほお》にはいくつも擦り傷ができている。

一見薄汚れた印象だが、その顔立ちは慎ましく整って愛らしい。特に琥珀色《こはくいろ》の大きな瞳はつぶらで、にごりのない宝石のようだ。桜の花びらにも似た可憐《かれん》な唇にはおっとりとした笑みが浮かんでいる。

若いカップルが消えて行くのを見送った青年は、ゆっくりとベンチに近づき高齢婦人の前に立つ。

「花代《はなよ》さん、こんにちは」

生前の名前を呼ばれ話しかけられたのは、彼女がこの場所に留《とど》まってから初めてだったのかもしれない。じっと動かなかった婦人はゆるゆると顔を上げた。

「はい、こんにちは。あなたは……？」

「俺はミト。花代さんを迎えに来たんです」

「あら、お迎えに……？　でもねぇ、私はここで待ってなきゃいけないの。おじいさんが来るから」

大切そうに『おじいさん』と口にした婦人の笑みが深くなる。

「おじいさん、お散歩のたびに寄ってくれるのよ。私はどうしてかここから動けないからねぇ。待ってることしかできないの」

青年のにこやかな表情は変わらない。その澄んだ瞳は包みこむように優しく婦人を見つめている。

「花代さん、秀男《ひでお》さんね、一週間前に先に行かれたんです。いると思った花代さんが天国にいなかったから心配してて。それでね、秀男さん一緒に行きたいって、今俺と迎えに来てるんですよ」

「え……天国……？　私、どうなったの……？」

婦人の顔から笑みが消え、やや不安げな表情になる。

「花代さんは二年前にこの公園で召されて、それからずっとここにいるんです。秀男さんのこと、一人にしたくなかったんですよね？　だから、お散歩に来る秀男さんをいつもここで待ってた。前はよく、二人で来てたから」

「ええ……ええ、そうなのよ」

懐かしげな微笑が婦人の口もとを飾った。

「おじいさんと二人でよくここを歩いたの。特に今の季節はねぇ、桜が綺麗《きれい》で……。だけど……そうだわ、あのとき急に胸が苦しくなって……ああ……私は、死んだのねぇ……」

寂しげに目を細める彼女の全身が微《かす》かに薄くなり、揺らぎ始める。

「花代さん、もう待たなくていいんですよ。秀男さんはすぐそこにいますから」

青年が視線を上げたあたりで、陽炎《かげろう》のような光が一瞬揺らめいた。そちらを向いた婦人の顔にゆるやかに笑みが広がる。

「これからはお二人、ずっと一緒なんですよ」

青年の全身が光に包まれ、次の瞬間には白い毛に覆われた耳の長い動物に変わっていた。

汚れたパーカーとデニム、スニーカー姿はそのままの、小学生の男の子くらいの大きさのうさぎが二本足で立っている。ふわふわした毛はそこここがはげて、手も頬も擦り傷だらけのくたびれたうさぎだけれど、その琥珀色の瞳は変わらず澄み渡り美しい。

うさぎは丸い両手を伸ばし、婦人の手をそうっと握って目を閉じた。

「後藤《ごとう》花代さんの魂が、安らかな救いとともに永遠の園に迎えられますように」

婦人の輪郭が薄くなり、シルエットがキラキラと輝き始める。光の粒を散らしながら、その魂がゆっくり空へと昇って行く。

そしてそれを待ちわびていたように、上空で揺らいでいた光が彼女を包みこみ迎える。

——ありがとう……。

穏やかな喜びに満ちた声とともに、光の粒が降ってくる。それは桜の花びらとともにうさぎの頭上へと降り注ぐ。

目を閉じたまま花びらと光を浴びるうさぎの体からはさらに毛が抜け、その手には傷も増えている。それでも、うさぎは笑っている。心から嬉《うれ》しそうに口もとをほころばせ、光を全身に浴びている。

光の名残《なごり》が消えて行った後、目を開けたうさぎの視界に映ったのは、もう誰も座っていないベンチ。そして、足もとにいつのまにか咲いている一輪の百合の花だ。

「花代さん、よかったね。お幸せに」

この世のものではないような銀白色の美しい花に触れ、うさぎはこの上なく嬉しそうに微笑《ほほえ》む。

春の風が吹き抜けて、祝福の紙吹雪《かみふぶき》のように薄桃色の花びらを散らした。

＊

まっすぐ歩いているつもりなのにどんどん右に寄っていく。あれれ？　と思っているうちに立っていることすらできなくなって、ミトはその場にペタンと座りこんでしまった。

「はぁ〜、さすがに疲れちゃったかな……」

立ち上がろうとしても足に力が入らず、地面が揺れているようなめまいにミトは膝を抱えてしまう。

空を見上げる。すっかり日も暮れて深い紫色になった夜空には、端のほうが少しだけ欠けた月が浮かんでいる。

仲間はどうしているだろうか。まだ新米のミトがなかなか帰らないのを心配してくれているだろうか。

ミトは、あの月からやってきたお迎えうさぎだ。お迎えうさぎという名は人間がつけたものだが、あながち的外れな呼び名ではない。その役目は地上でさまよっている人の魂を導き、天国へと送ってあげることだからだ。

この地上で息を引き取るすべての人間が、迷いなくスムーズに天に昇って行けるわけではない。強い未練があったり、自分が死んだことがわからなかったりする者の魂は昇華されず、想《おも》いが残る場所に留まってしまう。いわゆる霊感のある人間にはそれが霊として見えるのだ。

地上に留まった霊は救い導いてあげなければ、生前のつらい感情を持ち続け、自分ではどうすることもできないまま苦しみ続けることになる。ミトたちお迎えうさぎはそんな霊たちに触れ、負の感情を吸い取り苦しみを癒して天国へと送り出すのだ。

ただ、人の魂を救うといっても簡単ではなく、実際にはかなりのパワーを消費する。一人の霊を導くたびに力は減っていき、毛が抜けたり小さな傷が体についたりする。パワーを補うためには定期的に月に帰還し休養を取ることが必要なのだが、ミトはここしばらく戻っていない。

この地上には、つらい思いを抱えたままさまよっている霊が多すぎるのだ。

(花代さん……嬉しそうだったな)

立ち上がれないほどヘトヘトになってしまったけれど、ひとりぼっちで連れ合いを待っていた人をちゃんと送ってあげられてよかった、とミトは微笑む。

自分が死んだことを認識できず、二年間ずっとあの場所に留まっていた彼女は、やっと愛する人と手を取り合い本来行くべき所へと旅立てた。ありがとうのひと言とともにミトに降り注いだ光は、彼女が生前持っていた温かい感情や大切な思い出の数々だ。

どんな霊でも昇天していくときは優しい感情と宝物のような記憶でいっぱいになる。悲しみや苦しみ、怒りや憎しみ、つらい記憶の数々はすべて消えてなくなってしまう。キラキラ光る綺麗な感情や思い出のおすそわけをもらうと、ミトもとても嬉しく幸せな気持ちになれるのだ。

ミトは人間が大好きだ。お迎えうさぎのお役目も大好きだ。できるだけ長く地上にいて、できるだけたくさんの人の霊を導いてあげたいと思う。

——ミトはちょっとがんばりすぎだよ。

——そんなんじゃ地上で消滅しちゃうよ。

仲間たちは心配してくれる。確かに皆は地上でパワーが半分くらいになると、すぐ月に戻りゆっくりと休息を取っている。ハゲハゲでボロボロの体になるまでお役目に没頭しているのはミトだけだ。

(どうしてだろうな……?)

ミト自身もいつも不思議に思っている。人間も好きだし、お役目も好き。けれどそれだけではない何かがミトをいつも急《せ》き立てているのだ。

——どこかに、俺のお迎えを待っててくれる人がいる。

そんな感覚が常にある。どこにいる、どんな人なのかもまったくわからない。でも確かにその人はいて、この地上のどこかでミトを待ってくれている。ちょうど一年前お迎えうさぎとして月に生を受けたときから、ミトはその誰かのことを捜し続けているのだ。

早くその人を見つけ出したいとがんばりすぎてしまった結果が、今のこの状態だ。完全にパワーがゼロになったお迎えうさぎがその場で消滅してしまうことは、もちろんミトだって知っている。気をつけなくてはと思いつつ、もう一人、あと一人だけと天に送っているうちについにへたばってしまったというわけだ。

（とりあえず、このままじゃまずいよね……）

ミトが寄りかかっている高いフェンスの向こう側は広い敷地になっており、大きな建物が見えている。フェンスの外側、ミトのいる道路を隔てた向かい側は広い森だ。人目を避けてフラフラ歩いていたらいつのまにかここに来ていた。寂しい場所で人気《ひとけ》はないが、このまま座りこんでいたらいつ誰に見られ不審がられてしまうかわからない。

ミトはうんしょと腰を上げようとするが、どうがんばっても立ち上がれない。尻もちをつくたびに首をすくめて周囲を見回すが、幸い人の気配はない。

ミトたちが情報収集のために人間の姿になるときは、ちゃんとほかの人から見えるし会話もできるが、本体のうさぎ姿になると霊感のある人にしか見えなくなる。パワー切れで人間から急にうさぎに変わったら、普通の人の目には突然消えたように映ってしまう。一方でもし相手に霊感があったらうさぎの体を見られ、その人をひどく怯《おび》えさせてしまうことになる。

——お迎えうさぎを見たら近いうちに死ぬ。

死人の出た場所や心霊スポットで目撃されるボロボロな姿のうさぎに恐怖を覚えるのか、

人間たちの間ではそんなふうに噂され怖がられているミトたちだ。とにかく人目につかないように、と先輩うさぎたちからも口を酸っぱくして言われている。

（とにかく、ここから動かなきゃ）

ミトは力強く頷《うなず》き、そのままズリズリと這《は》って森のほうへ移動しようとした。

「渚《なぎさ》君……？」

いきなり人の声が届いて、ビクリと肩をはね上げる。知らない名で呼ばれたが、声は間違いなくミトにかけられたものだ。そろそろと振り返り、ミトはつぶらな目をさらに大きく見開いてしまった。

背の高い男性が顔をのぞきこむようにミトを見つめている。びっくりしたのは、月明かりに浮かび上がったその人の顔がとても美しかったからだ。

切れ長の目は涼やかで、スッと通った鼻筋と形のいい唇はきちんと測って作られたように整っている。品のある王子様みたいな美貌をやや長めの髪が縁取り、おしゃれな印象を与えている。迷彩色のジャケットの下にカーキ色のTシャツ、下はサイドにポケットのついたカーゴパンツという作業着のような服ですら、彼が着ているととても素敵に見えてしまうからすごい。

「あっ、ごめんごめん！　人違いだった。そうそう……そうだよね、いるわけがないんだった、うん……」

美しい人は一人で納得してから、ポカンと彼を見返しているミトにニコッと笑いかけてきた。整いすぎた顔は一見人形めいているが、深いとび色の瞳はとても優しく口角の上がった口もとはにこやかで温かみがある。

「えーっと、それで、君はどうしたの？　こんなところに座りこんで。もしやうちの大学の学生君かな？」

生身の人間とは必要最低限の情報収集のため以外、言葉を交わしてはいけないことになっている。ミトはそわそわしつつ逃げ出すこともできないまま「大学……？」と首を傾《かし》げた。

「うん、そこだよ。慶明《けいめい》大学。違うのかな？」

彼がフェンスの向こうの建物を顎《あご》で示す。どうやらそれは大学の校舎だったらしい。

「あの、俺……し、失礼しますっ」

フェンスにしがみつきながらミトはなんとか立ち上がることに成功したが、ぐるんと頭が回って体が傾いでしまった。

「おっと！」

倒れなかったのは、彼がすかさず両手を差し出し支えてくれたからだ。ミトは自力で立つことができず、彼の胸に寄りかかったままズルズルとくずおれてしまう。

「ああっと、これは大変だ。君、大丈夫？」

あえなくその場にペッタリと座ってしまったミトの隣に、彼も躊躇《ちゅうちょ》せず腰を下ろす。

「えっ、あなたのおズボンが汚れちゃいますよ？」

「ああこれ？　いいのいいの。汚してもいい服なんだ。フィールドワーク用のでね、同じのを何枚も持ってるんだよ。それより君はかなり具合が悪そうだね。救急車を呼ぼうか？」

ショルダーバッグをあさって、おそらくは携帯電話を取り出そうとする手を止めた。

「だ、大丈夫です！　ホントです。実はちょっと、その、お腹《なか》が空《す》いちゃって……」

ミトは首をすくめ、苦笑する。パワー切れのときに人間の食べ物を食べると少しだけ元気になるので、嘘《うそ》をついているわけではない。

「ああ、そうなの。お腹が空いて動けないのか。よかった。いやいや勘違いしないで。よかったと言ったのは君がお腹を空かしていることではなくて、たいしたことではなくてよかったという意味ね。僕はいつも気遣いのない言動で誤解をさせてしまうから」

彼は見るからにあわてながらバッグの中をかき回し、「はい、これをどうぞ」と取り出したものをミトに差し出した。ミトも食べたことのあるチョコレートバーだ。

「緊急時のエネルギー摂取には最適だよ。何よりおいしいしね。どれ、むいてあげよう」

ミトがおろおろしている間に、彼はバーの紙を丁寧にはがしミトの手に持たせてくれる。

親切な人の好意を無下にしたくなかったのと、このままだと本当にうさぎに戻ってしまいそうな不安感に、ミトはありがたくチョコバーを頬張った。

「おいしい！」

「でしょう？　よかったよかった。それにしても今夜は少し冷えるね。ほら、これをかけて」

彼が着ていた迷彩のジャケットを脱いで肩にかけてくれるとほわっとぬくもりが伝わり、ミトは自分の体が冷えきっていたことに気づく。

「あ、そんな……あなたが風邪ひいちゃいます」

「僕は大丈夫だよ。いいからほら、食べて食べて」

「は、はい、いただきます」

甘いバーをパクつくミトを、風変りな彼はニコニコと見つめている。遠慮のない視線に恥ずかしくなるが嫌な感じではない。

「あれ？　君、頬に傷があるね。ちょっと待って」

彼がまたバッグを探ると魔法のように絆創膏《ばんそうこう》が取り出された。

「君の顔に触るけど、いいかな？」

失礼しますと言いながら、長い指がミトの顔にかかる髪をかき上げて頬に触れ、ぺたんと絆創膏を貼ってくれた。優しい指の感触に、不安になっていた心を直接撫《な》でられたように感じてホッとするけれど……。

（どうしよう、生きてる人にはあんまり触っちゃいけないって言われてるのに……）

ミトたち下っ端うさぎの働きぶりを監視する監督うさぎにでも見つかったら大目玉だ。

ミトはチョコバーをそそくさと口の中に押しこみ、そろっと彼を見上げた。思いがけず間

近で目が合ってしまいうろたえる。

「似てるなぁ……本当に」

彼はつぶやき、ボサボサに乱れているミトの髪を丁寧に撫でて整えてくれる。そんなふうに誰かに優しく撫でてもらったのは初めてで、ミトの鼓動は急に速くなってくる。

(お、落ち着かなくちゃ……このままじゃパワー切れになっちゃうよ)

人間体でいるだけでも消費されるパワーは、感情を高ぶらせたりするとさらに減る。わかってはいるけれど撫でてもらう感触がとても心地よく、ミトはうっとりと目を閉じてしまいそうになる。

「あの……俺、どなたかに似てますか?」

うっかり寝こんでしまったりしないように話しかけると、「うん、とてもよく似てる。僕の知人にね」と答えが返ってきた。

「最初見たときは本人かと思ったよ。……そんなわけはないのにね」

つぶやいた彼のどこか寂しげな瞳を見た瞬間、どういうわけか胸がぎゅうっと苦しくなった。同時に体の輪郭が急速に崩れていくのを感じ、ミトはあわてる。

(ど、どうしよう! 戻る……!)

チョコバー一本では感情の高ぶりで消費した分のパワーを補えなかったようだ。キラキラした光に包まれたミトは、一秒後にはうさぎの体に戻ってしまっていた。

今の自分がどんなに見苦しい状態なのか、ミトにはよくわかっている。体中の毛のそここがはげて小さな傷もできていて、捨てられたぬいぐるみのほうがまだましだろう。その外見はいかにも『不吉なうさぎ』そのもので、見た人を震え上がらせるには十分だ。

けれど幸いなことに、霊感のある人はない人に比べて圧倒的に少ない。目の前の彼も多数派で、ミトが急に消えたと思っていますようにとっさに祈る。どちらにしてもまずいのだが、不吉な姿で親切な人を怖がらせるよりは消えるほうがましだ。

ミトはそろそろと相手を窺《うかが》った。彼は涼しげな目を大きく見開いてミトを見ていた。

まさか、とミトは大いに焦る。消えたように見えているなら視線は泳ぐはずだ。それなのに、彼とミトの目は今しっかり合っている。

「まさか君は、お迎えうさぎ……？」

呆然《ぼうぜん》としたつぶやきが届き、ミトの肩はビクンとはねた。

間違いない。彼にはミトが見えている。そして、ミトをお迎えうさぎだとちゃんと知っている。

優しく撫でてくれたいい人に、恐怖のトラウマを植えつけてしまう。どうしよう、と全身が強張《こわば》ったとき……。

「なんてことだ！　夢じゃないのかっ？」

すごい力で引き寄せられいきなりぎゅっと抱かれて、ミトは「うわっ！」と声を上げてしまった。

「本物のお迎えうさぎに出会えるなんて奇跡だ！　奇跡が起きたよ！　いや～素晴らしい、古くから伝えられている通りの、そして目撃者からの伝聞の通りの姿じゃないか！」

「うっ……く、苦し……ですっ」

ぎゅぎゅうっと抱き締められてミトは手足をバタバタさせてしまう。霊感のない人からは姿が見えなくなるといっても、人間の霊のように透き通っているわけではないのでこうして捕まると逃げられない。

「ああっ、ごめんごめん！　大丈夫かい？　なるほどなるほど。お迎えうさぎ君はこうしてちゃんと触れるんだね？　ところでさっきの青年は君本人？　もしや人の姿にもなれるのかいっ？　いやいやこれは初耳だよ！　画期的な新事実だ！」

相手の予想外の興奮ぶりにミトはただあわあわするばかりで声も出ない。それにしても驚きだ。見たら死ぬという噂の不吉なうさぎと出くわしたのに、彼は明らかに喜んでいる。

「それに君の服！　なんと、パーカーにデニムじゃないか！　パーカーにデニム！　そんな目撃情報は今までないよ？　しかも毛色は白で目は薄い茶色だ！　いや……ちょっと待って、まさかあれかい？　君たちお迎えうさぎは、もしや一匹じゃないのかいっ⁉」

ものすごく真剣な目でずいっと迫ってこられて、ミトのほうが怖くなりのけぞってしまう。

「そ、そういうのはあの、あまり言っちゃいけないので……っ」

しどろもどろになりながら明かせない旨を伝えるが、相手は諦めない。

「ああ、つれないことを言わないで！　僕がこれまで君に傾けてきた情熱の丈を知ればそんな冷たくはできないはずだよ！　それで、君たちは月に住んでいるの？　月から五色に塗られた牛車《ぎっしゃ》に乗ってやってくるという古文書の記録は真実なのかなっ？」

『地上に降りたい』と念じると月から一瞬でワープできるので五色の牛車に乗って来るわけではないが、それを落ち着いて説明する余裕はミトにはなかった。

（この人、ちょっと変かも……っ）

食べ物をくれた。絆創膏を貼ってくれた。優しく撫でてくれた。いい人には違いない。けれどこのまま捕まってしまったら二度と離してもらえなそうな、嫌な予感がする。そのくらい彼は興奮しきっている。

「あ、あの、あの……っ」

「こんなところで立ち話もなんだから、僕の研究室に来てくれないかな！　大丈夫、すぐそこだよ。とにかく聞きたいことがありすぎる！　いやその前に君のその傷の手当てをして、何かおいしいものを食べさせてあげないとだね。うさぎ君だけにニンジンがいいのかな？　このへんにまだ開いているスーパーはあったかなぁ？」

人間界のうさぎとは違うので生のニンジンよりはチョコレートバーのほうがいいのだけれど、彼の研究室に一緒に行くのは嫌だ。怖い。

「ちょ、ちょっと待ってくださいっ、行く前にあの、俺、支度があるんですっ！」

ニンジンのほかにブロッコリーとカリフラワーも、などと立て続けにしゃべっている彼を、ミトは強引に遮った。

「支度？　なるほどそうか、いろいろしきたりがあるということだね？　いわゆる儀式みたいなものかな？」

「は、はい、そうなんです！　まずはあの、手を離して目をつぶっていただけますか？　俺今から仲間と交信します。あなたの部屋にお邪魔する許可をもらうためです」

「なるほどねぇ。目はつぶらないといけないの？」

「もちろんですっ。とても特殊な方法で交信するので、見られるわけにはいかないんです」

ミトが大真面目な顔を作り頷くと、彼はすんなりと信じてくれたようだ。素直な人なのだろう。すぐにミトから手を離し、神妙な顔で両目をつぶる。

「ＯＫ、了解。……つぶったよ」

目を閉じて黙っているとこんなに素敵なのに、と若干残念に感じつつも見惚《みと》れてしまいながら、ミトはじりじりと後ずさる。

「ちゃんとつぶっててくださいね？　見てしまったらその場で俺消えちゃいますから」

「つるの恩返しのようだね。承知したよ。交信が終わったら教えてくれるのかな？」

「はい！　ちゃんとお伝えしますので。いいですか、まだですよ～」

何度か『ま～だだよ』を繰り返しつつそろそろと彼と距離を取ったミトは、身を翻し一気に森のほうへと駆け出した。地上ではほかの場所に一瞬でワープすることはできないが、全力で走れば人間より速い。

森の中に飛びこみ振り向くと、彼はまだその場にじっと立っている。素直にもほどがある騙《だま》されやすい性格だ。

「ごめんなさいっ」

ミトは両手を合わせペコリと頭を下げてから、さらに森の奥へと逃げて行く。

そういえば、と気づいた。ついさっきまでまったく動かなかった体が今は軽くなっている。チョコバーの効果が今頃表れたのだろうか。

「あーっ！」

ここまで逃げればもう大丈夫というほど奥まで駆け入ってひと息ついたところで、ミトは思わず声を上げた。貸してもらったジャケットがそのまま肩にかかっているのに気がついたのだ。

「ど、どうしようっ！」

あわてて肩からそれを取り、走って来た方角を振り返る。すぐに返しに行くべきだろうか。だがノコノコ戻って行ったらまた捕まって、今度こそ離してもらえないかもしれない。

ジャケットを脱いだらハゲハゲだらけの体に夜風が染みて、ミトはふるりと震えた。

「すいません、もう少しお借りしてます……」

そこにはいない人に頭を下げてもう一度肩にかけると、すぐにぬくぬくと暖かくなってくる。まるで彼の優しさが残っているように。

（ちょっと変わってたけど、いい人だったな……）

傷だらけの手をそっとポケットに入れると、何かが指先に触れた。取り出した革製のカードケースに入っているのは一人の青年の写真だ。

「あれ……？」

なんとなく、どこかで会ったことがあるような人だった。

その人はミトの人間体と同じ二十歳くらいの年齢に見えた。ゴツゴツした岩肌のような殺風景な背景の前に立った彼は、ちょっと困ったように微笑んでいる。もしかしたら写真が苦手なのかもしれない。

いつもにこやかなミトとは雰囲気が違うし髪と瞳の色も黒だが、その顔の造りはミトにとてもよく似ていた。まるで兄弟のように見える青年に不思議な懐かしさを感じ、ミトはその写真をいつまでもじっと見つめていた。

＊

「まったく……何をしているのだ、おまえは！」

一喝され、ミトは「ご、ごめんなさいっ！」と地面に這いつくばって頭をペコペコ下げる。

ボロうさぎ姿のミトを腕組みで睥睨《へいげい》しているのは二十代半ばくらいの端整な顔立ちの青年だ。眼鏡の似合いすぎる欠点のない美貌は知的だが冷たげで、きちんと整えられた髪もしゃれたデザインの黒服も近寄り難く見える。

普通にしていても怖そうな彼が今美しい顔をさらに厳しくしているのは、ミトの今回の失態を叱責するためだ。

「ミト、おまえには以前から注意勧告がなされていたはずだな。仕事熱心なのはいいが、パワーを使い切る前に月に戻るようにと言われていただろう」

「ですね！　リロイ、ホントにすいません！」

ミトは土下座を通り越し、べったりと地面に上半身をつけてしまう。

リロイはミトの大先輩で、誇り高き監督役のお迎えうさぎのトップだ。地上にいるうさぎたちが規律違反を犯していないか監視する役目を担っている上役である。ほとんど地上にいっぱなしなのにもかかわらず、月でも彼の名前が出ると皆自然に背筋を伸ばしてしまうくらいの有名うさぎだ。

それこそ気が遠くなるほどの長い年月お迎えうさぎとしての務めを果たしているリロイは、もうとっくに月に常駐し下のうさぎたちを束ねる地位についていてもおかしくないのだが、なぜか本人が希望して最前線の地上に残っているようだ。そのパワーはケタはずれで、どれだけ多くの霊を昇天させようと尽きることはないという。

関わった人間をことごとく呪い殺してしまうようなすさまじい怨霊《おんりょう》すら浄化し昇天させてしまうリロイはミトの憧れだったが、完璧主義の彼には怒られてばかりだ。今回も一体どこで見ていたのか、森の中に隠れてひっそりパワーを蓄えていたミトをわざわざ叱りつけに現れたのだった。

「だけど、どうしてわかったんですか？　俺がパワー切れでここにこもってること」

「この私から隠れおおせるなどと思うなよ。地上でのおまえたちの動向は何もかもわかってる。でなければ監視役など務まらない」

当然だろうというように胸をそらし、怖い大先輩は人差し指を立てる。

「おまえのここ数日の行動もすべて把握済みだ。仕事のペース配分を誤ったのみならず、パワー切れのところを人間に見つかり言葉を交わした挙句、本体に戻る現場を見られたことまで全部知っているぞ」

ああ〜、とミトは首を縮める。リロイには一体いくつ目があるのだろう。彼くらいになるとそれこそ天使レベルで地上全体を見られるのかもしれない。

これまでもパワーが尽きて月に強制送還させられたことは何度かあったが、今回はそれに加えて規律違反が増えた。これはかなりの罰則がありそうだ。

リロイは怒りの表情を崩すと、今度ははぁっと深く溜《た》め息《いき》をついた。

「ミト、おまえがしゃかりきになって働く理由は前にも聞いたが、今のペースで突っ走っていては目的を達する前におまえ自身が消滅してしまうぞ。わかっているのか？」

「は、はい、わかってます！　わかってるんですけど、なんとなく、急がなきゃいけないような気がして……」

この地上のどこかでミトのことを待っている霊。きっとその霊は今このときも苦しんでいるはず。なるべく早く救ってあげたい。

何の根拠もないただの予感だけのその話を初めてしたときに、非論理的なことを言うなとリロイに叱られなかったのは意外だった。月世界一厳しい先輩うさぎはやや眉を寄せ、こう言っただけだった。

――おまえがそう感じるのなら、そうなんだろう。捜したいなら捜せばいい。ただし、一度決めたら途中で放り出すな。

そのときから、ミトはリロイが大好きだ。どんなに叱られても、それは彼が自分を心配してくれているからだということをミトはちゃんと知っている。

「だからといって自分が消えてしまっては本末転倒だろう。おまえが見つけようとしている霊は未来永劫《えいごう》苦しみ続けることになるぞ」

ずいっと詰め寄られ、ミトは「うっ……ですね」とさらに縮み上がってしまう。

「でもリロイ、不思議なんですよ」

そういえば、とミトは手を打った。わからないことはリロイに聞くと何でも教えてもらえる。

「俺完全にパワー切れだったのに、どうして動けたんでしょう？　あのとき会った人にチョコバーをもらったんですけど、そのせいですか？　あれホントにすごくおいしくて……痛っ」

パコンと頭を軽く叩《はた》かれた。

「人間の食料でそんなにパワーを補えるわけがないだろう。あれは、生身の人間のパワーを分けられたのだ」

「えっ！　あの人のパワーを、俺もらえたんですかっ？」

「そうだ。プラスの感情を持って人間に触れられると、さらにそのパワーは増幅する。……おい、何を赤くなっている？」

優しく髪を撫でてもらった感触がよみがえり、ミトは「な、なんでもっ」とパタパタと火《ほ》照《て》る顔を扇《あお》ぐ。

「とはいえ、我々うさぎがそれ目的で人間に触れるのは禁止されている。もっとも、おまえのようにパワーが尽きるまで地上にいたがる者などいないがな。皆その前に月に帰還する」

「で、ですよね……」

リロイの顔つきがまた厳しくなってきて、ミトは神妙に首をすくめた。

「それに今回の場合、相手が悪い」

「え？　相手って……」

「おまえが接触したあの人間だ。あの男はブラックリストの十番目に載っている」

「え……え〜っ？」

ブラックリストとは、地上に降りるお迎えうさぎが気をつけなければならない人間の名簿のことで、月に保管されている。

「名前は神孫子真一《あびこしんいち》。年齢は二十九歳。慶明大学教養学部人文学科の講師だ。専門は文化人類学で都市伝説の研究をしている。特に興味を持って追いかけているのが、我々お迎えうさぎだ」

夢じゃないかと泣かんばかりの勢いでミトを抱き締めてきた彼の、尋常でない姿が脳裏に浮かんでくる。

「神孫子は我々の生態を解き明かすことをライフワークとしている。レベルは低めだが霊感もあり、万が一にでも捕まったら最後、実験動物として解剖すらされかねない」

「か、か、解剖っ！」

ふかふかの両手を頰に当て震え上がるミトを見て、リロイはニヤリと口角を上げる。リロイが笑顔を見せるのはこういうときだけだ。

「間一髪だったなミト。一歩間違えれば今頃臓腑《ぞうふ》を抜かれホルマリン漬けにされていたかもしれないぞ」

高次の霊体であるお迎えうさぎに臓腑があるかどうかは謎だが、その怖いイメージだけでミトは恐怖で固まってしまう。

（だけど……あの人が？）

びくつきながらも昨夜《ゆうべ》のことをもう一度思い返してみる。確かにかなり変わった人ではあった。不吉なうさぎと出くわしたというのに歓喜して抱きついてきたし、研究室とやらに連れて行かれそうにもなった。

だがへたばったミトにとても優しくしてくれたし、離してと言ったらちゃんと聞いてくれた。何より彼は夜空に輝く星みたいに澄んだ瞳をしていた。昨夜は面食らって逃げ出してしまったけれど、そんなに悪い人だとは思えない。

右に左に首を傾げながら悩んでいるミトに、リロイはビシリと命令する。

「とにかく、これから私とともに月に帰れ。おまえには少なくとも次の満月まで、約ひと月の休養が必要だ」

「えっ、今夜ですかっ？　ま、待ってください、俺やり残したことがあるんです！」

「おまえの捜している霊のことならパワーを蓄えてからまた出直せ」

「そうじゃなくて、借りたものを返さないといけないんですっ」

これを、とミトは上に着こんでいる自分には大きめのジャケットを示した。

昨夜ひと晩中考えていた。ジャケットもだが、ポケットに入っている写真はきっと彼の大切なものに違いない。幸いカードケースに入っていたのはその写真だけで、免許証やクレジットカードの類《たぐい》はなかったのだが、彼にとってはむしろ写真のほうが大切なのではないか。なんとなくそんな気がした。

ジャケットはともかく、写真はこのままミトがもらってしまうわけにはいかない。何とかして返さなくては……。

「あの者の服か。見たところ安物だ。捨てておけ」

最悪のセンスだとばかりにリロイは眉を寄せるが、ミトはぷるぷると首を振った。

「そんなの駄目ですっ。リロイ、俺あの人の……神孫子さんのおかげで命拾いしたんですよ？　神孫子さんが傷に絆創膏を貼って撫でてくれたから、俺、パワーをもらえて助かったんです。恩はちゃんと返さないと！」

ほら、とミトは頬に貼られた絆創膏を示す。リロイは顔をしかめるが反論はしない。お迎えうさぎは礼儀を重んじる、受けた恩は返せ、と日頃誰よりも口うるさく言っているのはほかならぬリロイだ。

「お願いです！　もうちょっと地上にいさせてくれませんか？　できれば次の満月まで……や、これをお返しするまででもいいですからっ」

丸い両手を合わせてミトは一生懸命訴える。しばし無言でミトを睨《にら》みつけていたリロイははあぁっとまた深い溜め息をついた。

「確かに、おまえの言うことも一理ある。受けた恩は返すのが我々の流儀だ。たとえ借りたものがセンスの悪い安物のジャケットでもな。……両手を出せ」

「は、はいっ？」

パチンと叩かれるのかと反射的に背中に手を隠すミトに、リロイは思い切り心外という顔をする。

「何を勘違いしている。またパワー切れでへたりこんだりしないように少し分けてやろうというのだ」

言葉の途中で目を開けていられないほどの眩《まばゆ》い光に包まれたリロイの輪郭がぼやけ、本体が現れる。艶《つや》のある漆黒の毛並みが美しい金色の瞳のうさぎだ。人のときと同じおしゃれな黒服で、眼鏡もそのままだ。

ミトが差し出した両手をリロイが上から包むように取ると、冷えていた体にどんどん熱が伝わってきた。体のはげていた部分には見る見るふさふさの毛が生えてくる。

「これでしばらくはもつだろう」

眼鏡を手で押し上げながら、どんなにパワーを使っても完璧な姿を保っていられる規格外に優秀な先輩うさぎが頷いた。

「ばっちりです！　ありがとうございます！」

憧れのリロイから貴重なパワーを分けてもらい、ミトの瞳は感激に潤む。

「約束しろ、ミト。パワーが切れて動けなくなる前に必ず月に帰れ。でなければ私を呼べ。いいな？」

厳しくて怖いが、リロイはいつもさりげなくミトのことを気にかけてくれる。

「はい、約束します！」

ミトは尊敬する大先輩の手をきゅっと握って大きく頷いた。

その夜、ミトは彼——神孫子真一と初めて会った場所の近く、大学の校門の向かい側に立っていた。人間体だとパワーを消費する上に人目についてしまうので、今夜はうさぎの体のままだ。街灯のない暗がりにいても霊感のある者には見えてしまうが、幸い周囲に人気はまったくなかった。

昨夜神孫子と出会ったのもこの時間だった。また会えるかどうかはわからないがチャンスがあるとしたらここしかない。

（神孫子さん、来るかな……）

ミトはなんとなくわくわくしていた。早くジャケットと写真を返したいというよりも、もう一度あの優しい瞳に見つめられ撫でられたいなどと妙なことを考えてしまっている自分に気づき、ふるふると首を振る。

今夜も少し肌寒い。小さなうさぎ体のミトが着るとコートみたいになってしまうジャケットはとても暖かく、脱いでしまうのが少し寂しい気がした。

（わっ……）

すぐ近くに人の気配を感じ、ミトは思わず飛び退《すさ》った。いつの間に近づいて来たのか若い男がそばに立っている。一メートルも離れていないミトに気づいていないところを見ると、霊感はまったくないようだ。

黒いジャケットとパンツ姿で闇に同化してしまいそうな彼は、きりっとした鋭い顔をしたなかなかの美形だった。だがその瞳が激しい怒りの色をたたえているのを見て、ミトは思わず一歩下がる。

（この人、すごい怒ってる……？）

お迎えうさぎは人間の感情を敏感に感じ取る。彼は明らかにすさまじい憎悪のようなものを抱えながら、じっと校門を見つめていた。

なんだか嫌な予感がした。無念の死を遂げ深い恨《うら》みを抱え続け地縛霊《じばくれい》になった人も、確かこんな目をしていた。そのときは結局ミトの手には負えずリロイが昇天させてくれたのだ。

こういう目をしている人は何をするかわからない。

不安が兆《きざ》しそわそわと落ち着かなくなってきたとき、校門の所に見知った顔が現れ「あっ……」とうっかり声を出してしまった。もっとも霊感のない人間にはお迎えうさぎの声は聞こえない。

今夜の神孫子は昨夜のような作業着ではなく、春色のコートにシックなブルーのシャツとアイボリーのパンツ姿で見違えるほど素敵だ。近寄りがたいくらいの美貌は変わらずで、ミトの心臓は勝手にドキドキしてくる。

神孫子はにこやかに門衛に挨拶し、数歩校門から出て立ち止まった。

ミトが前に出ようとすると同時に、隣の青年の足も一歩出る。何気なく顔を見上げて驚いた。彼は憎しみをこめた目をまっすぐ神孫子に向けていた。怒りの理由は不明だが、彼がミト同様神孫子を待っていたことは明らかだった。

進み出た青年がジャケットのポケットに手を入れる。そこに何かよからぬものが入っていそうな気がして血の気が引く。

一方神孫子はミトにも青年にも気づかず、駅に続く大通りではなく寂しい森のほうへと足を向けようとしている。昨夜ミトと会った場所のほうで、そちらに向かうのは隣の青年の思う壺《つぼ》のような気がした。

「だ、駄目！」

叫んでミトは飛び出した。神孫子がミトに気づく。その瞳が輝き唇がほころぶ。

神孫子に駆け寄ったミトはその腕をしっかと両手で摑み、大学の中へと引っ張った。

「えっ？　うさぎ君？」

「い、今外に出ちゃ駄目！　危ないです！」

戸惑う神孫子をグイグイと引いて、ミトは有無を言わさず大学構内まで連れて行く。

校門のほうを振り返った。人間の数倍の視力を持つミトの目に、青年がさっきと同じ位置に立ち尽くしているのが映る。門衛がいるので大学の中までは入って来られないのだろう。

とりあえずホッとした。

「一体どうしたの？　もしや口裂け女でもいたのかな？」

笑いながら同じ方向に目を凝らす神孫子には、暗がりに立っている青年の姿は見えないようだ。

「あのっ、あなたを狙《ねら》……見張ってる人がいたような気がして……」

おそらく明らかに『狙って』いたのだが、神孫子が不安がるかもしれないと思いマイルドに説明した。神孫子はちょっと目を見開いたが、すぐに「ああ……」と小さな声で言った。何かに思い当たったような顔だ。

「それで、君は僕を助けてくれたんだね。嬉しいよ、ありがとう！　それよりもまたこうして会えるなんて感激だな！」

自分を見張っていたらしい人物についてはそれ以上触れず、神孫子は感極まった声で言ってミトを引き寄せた。

「わわっ！」

油断していたらまたぎゅぎゅっと抱き締められてしまい、ミトはうろたえる。手足をジタバタさせると「ああっ、ごめんごめん！」と神孫子はすぐに離れてくれた。

「本当にごめんね。昨夜も悪かったね。本物のお迎えうさぎ君と出会えた嬉しさにテンションを上げすぎて理性が飛んでしまったんだ。怖かったんだろう？」

すまなかったと頭を下げられ、ミトは「い、いえ……」と両手を振ってしまう。やはりこうして改めて見ても、リロイが言っていたような怖い人には見えない。

「気がついたら君がいなくなっていて、やはり夢でも見たんだろうと思ったよ。でも諦めきれなくてね、今夜もまた君と会えた場所に行って、朝まで待ってみるつもりだったんだ」

「朝までって……あの、まさか昨夜も？」

「いやぁ、待っていればまた現れてくれないかと思ってね。気づいたら朝になっていたというだけ。人生史上最高に幸せな一夜だったよ」

神孫子はハハハとほがらかに笑うが、ジャケットなしの薄着でひと晩過ごすのはさぞ寒かったに違いない。

「ご、ごめんなさいっ」

あわてて下げたミトの頭に、長い耳を撫でるようにして下ろされた手がポンと置かれる。そろそろと見上げるととても優しい目に見下ろされていて、胸が勝手にトクンと高鳴った。

服装のせいか、今夜の神孫子は昨夜の数倍かっこいい。

「うさぎ君、君は昨日よりずっと元気そうだね。心配していたんだよ、あんなにハゲハゲの傷だらけなのに一体どこで過ごしているのかって。本当によかった。心から安心したよ」

また来てくれてありがとう、という最後のひと言がじんと胸に沁《し》みる。助けてもらった礼も言わず逃げ出したミトのことを、神孫子は一日中心配してくれていたのだ。

（リロイ、神孫子さんはやっぱりいい人です）

どこかで見ているだろう先輩うさぎにミトは心の中で語りかけた。


その場でジャケットを返そうとしたミトは、あったかいココアをいれてあげるからと言われ、神孫子の研究室へ招待されていた。研究室に入るや否や態度が一変し別人と化した男に手術台にくくりつけられるかも、という不安は杞憂《きゆう》に終わった。あまり広くない部屋にはデスクと椅子、本でびっしりの棚があるだけで、手術台も臓腑のホルマリン漬けの瓶もなかった。

「はい、どうぞ」

出してもらった椅子にちょこんと行儀よく座り、ミトは「いただきます」とカップを受け取る。

ミルクたっぷりのココアはとてもおいしくて、ミトはふうふうしながらあっという間に飲わしてしまう。

み干してしまった。

「不思議だねぇ」

しみじみと言われ顔を上げると、じっと見ていたらしい神孫子とまともに目が合いそわそわしてしまう。

「君たちうさぎはいわば霊体なのにもかかわらず、うさぎの姿のままでも人間の飲料を摂取できるんだね。その場合霊感のない人の目にはどう見えているのか、実に興味深いよ。要は、カップが宙に浮いて中身がどんどん減っているように見えるのかな？」

「ん～、わかりません。人から飲み物をごちそうになった仲間がいないので」

「そうか、そうだよね、なるほど。ということは君は、人間から初めてココアをごちそうしてもらったお迎えうさぎ君ということになるね」

うんうん、と頷きながらデスクの前に座った神孫子はしきりとメモを取っている。昨夜のようなハイテンションではないが好奇心は抑えられないようだ。

「ところで君たちは名前はあるの？　人間のように個々に違う呼び名がつけられているのかということだけど」

「あ、はい。俺、ミトっていいます」

「ミト君？　いい名前だね。僕は神孫子真一といいます。改めてよろしく」

神孫子は手を伸ばすとミトのふわふわの手をきゅっと握ってくる。

「あの、神孫子さん……神孫子先生、昨日はホントにありがとうございました」

言い損なったお礼をミトは今度こそちゃんと口にした。

「あなたのおかげで命拾いしました。あのとき俺、立ち上がることもできなくなってて……」

「エネルギー切れ、つまり、パワーを消費しすぎて動けなくなってしまったのかな」

自信ありげに指摘する神孫子にミトは目を見開く。

「そ、そうです。なんで知ってるんですか?」

「君たちお迎えうさぎのことが書かれた古い文献にそうした記載がある。君たちは力を使い果たすと五色に塗られた牛車を呼んで月に帰って行くのだとね」

五色の牛車というデマがどこから出てきたのか知らないが、パワーが切れたら月に戻るのはそのとおりだ。どこまで認めていいものかとためらうミトに構わず、神孫子が続ける。

「ただ、昨夜から僕はずっと疑問に思っていた。見つけたときはぐったりしていた君が、別れたときはある程度体力を回復していたように見えたのはなぜなのか。二つの理由が考えられた。一つは僕が君にあげたチョコレートバー。それと……もう一つの理由を、今検証させてもらってもいいかい?」

キラキラと瞳を輝かせて身を乗り出してくる神孫子から、ミトは「け、検証って?」と若干怯えつつ体を引く。

「こういうことだよ」

神孫子はニコッと笑い椅子から立ち上がると、両手を伸ばしてミトをふわっとくるむように抱いた。ほんわかと暖かい気に包まれてミトは思わず目を閉じる。

「ミト君は因幡《いなば》の白うさぎの話を知っているかな」

穏やかな神孫子の声がとても心地よく耳に届く。

「いなばの……？　えっと、俺知りません」

「丸ハゲになった可哀想《かわいそう》なうさぎが大国主命《おおくにぬしのみこと》に助けられて、蒲《がま》の花の上に寝ると毛が生えてくるんだ。今は僕が蒲の花の代わりになろうね。ミト君の毛が生えてくるように」

さわさわと耳の後ろのハゲたところを撫でられて、ミトはだんだんうっとりとしてくる。神孫子の手を通じてじんわりと沁みてくるぬくもりは、もしや補われつつあるパワーだろうか。

「ミト君は本当に可愛《かわい》らしいうさぎ君だね」

妙に艶めいた声で囁《ささや》かれおろおろと顔を上げると、至近距離で目が合ってしまい突然心臓が早鐘《はやがね》を打ち出す。

（え？　えっ？　なんでっ？）

どうしたことだろう。頬がポッポと火照ってくるとともに体も熱くなってくる。これはまずい、離れないと、と身を引こうとする前に、体内で何かが弾《はじ》けるような感覚がしてミトは人間体に変わっていた。

「おっと！」

驚いたらしい神孫子のほうが体を離す。

「これは驚きだ！　ミト君はパワーが充塡《じゅうてん》されると自然に人間になってしまうの？」

「ちち、違います！　俺もこんなの初めてでびっくりしてるとこですっ」

なんだか恥ずかしいものでも見られてしまった気分になり、ミトは真っ赤になって両手を振る。

それにしても本当にびっくりだ。神孫子に触れられただけでこんなに効率よくパワーが補えるなんて。見れば両手にあった擦り傷も数が減っており、水気を帯びた肌はつやつやしている。

「いや〜、人間の君にまた会えるなんて嬉しいよ！　それに、昨夜会ったときと比べて格段に元気そうだ。……しかし明るいところで見ると、本当に……」

言葉を切り、神孫子は涼やかな目を細めた。ミトをじっと見つめるその目は過去の記憶を懐かしんでいるようで、ミトの心も震える。神孫子が自分を誰と重ねているのかに思い至り、

「そうだ、先生！」と思わず呼びかけた。

ミトが『先生』と呼んだその瞬間、彼の口もとから微笑みが消え、瞳が悲しげな色を帯びた気がした。

「これ、お返ししないと！　ホントにすいませんでした！」

ミトはずっと着ていた彼のジャケットを脱いで、はいっと恭《うやうや》しく両手で差し出した。

「ああ、いいんだよ。それは君にあげる」

ニコニコ顔に戻った神孫子がそれを押し戻す。

「えっ、そんな、いただけません」

「いいのいいの。昨日も言ったかな？　同じのを何枚も持ってるんだよ。ミト君にはちょっと大きいかもしれないけれど、丈夫だし防寒にも優れてるから、よかったら着て。僕は、これだけ返してもらえれば」

そう言って手を伸ばし、神孫子はポケットの中からカードケースを抜き取った。一日ぶりの大切な写真を見て微笑む顔はやはりどこか悲しそうだ。

「あ、あの……その方は……？」

「うん。僕のゼミの学生だった子だよ。小林《こばやし》渚君。ミト君によく似ているだろう？」

「え、そうですか？　俺、こんなだけど」

髪はボサボサだし傷があるし、と手を振るミトに神孫子は「似ているよ」と繰り返した。ただの教え子ではないのではないか。写真を見る彼の瞳は特別な愛情に満ちている気がする。

「わざわざ届けてくれてありがとう、ミト君。この写真はとても大切なものだったんだ」

カードケースをパンツのポケットにしまい、神孫子はその話は終わりとばかりにミトに明るい顔を向けた。

「それにしても嬉しいなぁ、僕がミト君のパワーを充塡できるとは！　君たちうさぎに関しては古文書《こもんじょ》にも書かれておらず目撃談もない不明なことが多いんだけれど、どうだろう、僕にいろいろと教えてくれないかな？」

　好奇心でキラキラする目でずいっと近寄って来られて、ミトは上体をのけぞらせる。どうやらミトの人間化を目《ま》の当たりにして、神孫子のテンションはまた上がってきたようだ。

「えーっと、ごめんなさい。そういったことはちょっとあのー、あまりお話しできなくて……」

「あー残念！　秘密なんだね。思うにミト君たちはさぞ大変な役目を負ってるんだろうね。自分の力を限界まで使い果たしてしまうくらいに。もしや、君たちだけの組織があってそこで酷使されているの？　各自ノルマがあるとか」

　ブラック企業うさぎ版？　と気の毒そうな顔をされ、ミトは焦って首を振る。

「そんなことはないんです。ただ俺が勝手に、ちょっと働きすぎちゃうだけで……少し休めっていつも言われてます」

「うんそうだね、僕もそう思うよ。昨夜のような状態になる前に君は牛車を呼ぶべきだった。どうしてミト君は月に帰らなかったの？　もしやワーカホリック気味なのかな？」

　ワーカホリックという言葉の意味はミトにはよくわからなかったが、神孫子の真剣に心配してくれている様子にごまかすのも申し訳ない気がしてくる。そもそもミトは隠し事をしたり嘘をついたりするのがとても苦手なのだ。

「あの、俺自分のお役目が好きっていうのもあるんですけど、早くしないとってちょっと焦ってることがあって」

「締切のある仕事なのかな」

顔をしかめたところをみると、神孫子も期限つきの仕事は苦手なようだ。

「締切、とかはないんですけど……実は俺、地上で会わなきゃいけない人がいて、ずっとその人を捜してるんです。正確にはその人の霊、なんですけど」

うさぎ仲間にも理解してもらえないのに人間の彼に言ってもキョトンとされるだけだろうと思いながら口にすると、意外にも神孫子は納得顔で深く頷いた。

「なるほど、霊ね。君たちうさぎの役目というのは人間の生死に関わることではないかと想像していたけど、霊だったのか。ミト君はその人の霊に用があるということなんだね？」

仮にもブラックリストに載っている神孫子にどこまで話していいものか。返事に困っているミトに構わず、神孫子は続ける。

「これは僕の想像だけど、君たちのそのお役目というのは世間一般に認知されているような死神的なものではないんじゃないのかな？　前からそう考えてはいたけれどミト君と会って話をして、僕はその確信を深めたところだよ」

「えっ？」

びっくりした。これまでミトも霊感のある人に姿を目撃されてしまったことが何回かあったが、皆真っ青になり恐怖に顔を引きつらせて一目散に逃げて行った。怖がらなかったのは神孫子が初めてだ。

「せ、先生はホントに、俺のことが怖くないんですか？」

「怖いわけないじゃないか、こんなに可愛い子のことを！」

力のこもった即答に頬がかあっと熱くなる。当の神孫子もあわてた様子で「ああっ、ごめんごめん、なんだか大きな声でおかしなことを言ってしまったね」と片手を振る。

「と、とにかく、僕は君たちのことをもっと知った上で世間的なイメージも変えていきたいと思っているんだ。会ったばかりの風変りな人間にこんなことを言われても信じられないのも無理はないけど、本心だよ。それとミト君が困っているときは力になりたいとも思ってる。パワーを少し分けて、君のふわふわの毛を生やしてあげることくらいしかできないけどね」

一気に言って照れたように笑い、神孫子はミトの頬にそっと指を触れさせてきた。昨晩彼が絆創膏を貼ってくれたところだ。

「先生……ありがとうございます」

目頭がじんわりと熱くなった。自分ではあまり意識していなかったが地上ではめったに仲間と会うことがないので、ずっと孤独を感じていた。誰にも頼れないと気も張っていた。

優しく撫でてもらったのも、力になりたいと言われたのもこれが初めてだ。

「そこで提案だけど……いや、提案というより名案と言っていいと思うけど」

神孫子が得意顔で人差し指を立てる。

「ミト君は月に帰る前に、一刻も早くその人の霊を捜したいと思っているんだよね？　だったらそうしたほうがいい。そのために必要なパワーは僕が分けよう。そうすればいちいち牛車を呼んで月に戻らなくてもいいだろう？」

「えっ、先生が俺に？」

「そうそう。検証結果を見る限りでは、僕でも君を元気にできるようだし。ちなみに今、体調はどう？」

「とてもいいです」

ミト自身も驚いていたが、まるで月でたっぷり休養を取った後のように調子がいい。生身の人に分けてもらうパワーがこんなにすごいとは思いもよらなかった。

「よかった！　じゃ、ぜひそうしようよ。ああ、心配しないで。君が嫌がるなら君たちの役目について質問攻めにしたりしないし、君の同意なしに抱き締めたりもしない。当然のことながら君のことは口外しないし、君に何か危険が及びそうになったら必ず守る。ただそばにいて、協力させてほしいだけだ。どうだろう？」

「あ、あのでも、先生はどうしてそこまで、俺によくしてくれるんですか？」

「僕はずっと、もう二十年もの間、君たちお迎えうさぎに特別な想いを抱いてきたんだよ。これはもう人生を賭けた片想いみたいなものなんだ。そのうさぎ君と縁があって友人になれた。しかもとても可愛くて一生懸命な子だ。助けたいと思うのは当たり前だろう？」

拳《こぶし》を握っての力説はきっと彼の本心だ。神孫子が自分を友人と言ってくれたこともじんと胸に沁みた。

「それと、君がとても……いや、とにかく君のために役に立てたら嬉しいと思ってるよ、嘘偽りなくね」

途中でためらったとき神孫子が細めた目でじっとミトを見たので、何を言いかけたのかわかった。写真の人——小林渚とミトが似ているのも気にしてくれる理由だろう。

（信用してみちゃ、いけないかな……）

リロイは怒るかもしれないが、神孫子がブラックリストに載るような悪い人間だとはやはりミトにはどうしても思えない。彼のためにも誤解を解いておきたい気がするし、何より昨夜助けてもらった恩をまだ返していない。

パワーをもらい守ってもらうばかりではなく、ミトも彼にちゃんと恩返ししたい。彼のそばにいれば、ミトにでも役立てそうなことが見つかるかも知れない。

（それに、あの男の人のことも気になるし……）

校門前で神孫子を睨んでいた青年の鋭い瞳を思い出すと、これはますます神孫子のそばを離れられないという気持ちになってくる。決意したミトはよし、と顔を上げた。

「先生、それじゃお言葉に甘えて俺しばらくお世話になります。その代わり、俺にも何か先生のお手伝いさせてください」

神孫子の顔がパッと輝く。その嬉しそうな顔を見ただけでもOKしてよかったと思えた。

「ありがとうミト君！　受け入れてもらえて嬉しいよ！　いやいや、君は何もしないでいいからただ僕のそばにいて、君の役目のほうをがんばってください」

喜色満面でミトを引き寄せそうになった手を、神孫子はあわてて止める。

「あっと、許しをもらわないとね。どうだろう？　感謝の気持ちをこめて、君を抱き締めさせてもらってもいいかな？」

「えっ？　えっと……ど、どうぞ」

あまりにも純粋な喜びようになんだか恥ずかしくなりながら頷くと、ぎゅうっと抱かれて息が止まりそうになった。人間体で抱き締められると、うさぎ体のとき以上に心臓が高鳴ってきてしまう。

ちょっとおかしな人だし、本当に信用できるかまだ未知数だけれど、神孫子の体はとても温かくて心地よかった。

＊

「えっと今日の準備は、こっくりさんの台紙と、十円玉と……」

神孫子から託されたメモを見ながら、今日もミトは教室でゼミの時間の準備をしている。講師の神孫子はフィールドワークに出かけて不在なので、自習時間にゼミ生たちにこっくりさんの実証実験をしてもらうことになっているのだ。

表向きは神孫子の助手として彼と一緒に暮らすようになってから三週間、ミトはこれまでになく変化にとんだ刺激的な日々を送っていた。

神孫子が大学に行く日はミトも同行して手伝いをする。もっともミトにできることといったらコピー取りやゼミの準備くらい。ほとんど役に立っていないも同然なのだが、神孫子はミトが何かするたびにほめてありがとうと言ってくれる。

神孫子のゼミは講義よりもフィールドワークのほうが多い。学生たちとともに都市伝説の発祥地に出向き地元の人の目撃談を集めたりするのは、お迎えうさぎのお役目と共通するものがあって楽しい。出張ついでにミトだけこっそり別行動を取り、さまよっている霊を送ってあげたりもできて一石二鳥だ。

昼の間ずっと人間体でいるとパワーもそれなりに消費するが、夜になると神孫子がたっぷりと補ってくれる。神孫子が借りて一人で暮らしている、古い一戸建ての平屋に二人で帰った後はリラックスタイムだ。彼は本体に戻ったミトを膝に乗せ、毛の抜けたところを優しく撫でながらパワーを分けてくれる。それがとても気持ちよくて、ミトはそのまま寝入ってしまったりもする。

十分なパワーを分けてもらっているので本体はいつもふかふかで、人間体のほうも髪の艶がよくなり傷も消えて健康そのものだ。ついでに新しい服や靴も買ってもらったので、最近のミトは元気いっぱいな今時の大学生のように見える。

（今の生活に慣れすぎちゃいけないって、わかってるんだけど……）

でも楽しいんだよね、と、机をこっくりさん仕様に移動させながらミトは一人微笑む。

まだ三週間しか一緒にいないが、ミトはすでに神孫子についてたくさんのことを知っている。

視野が狭く自分だけの世界に生きているが、性格は穏やかでとても優しいこと。専門のことになると饒舌《じょうぜつ》になるけれど、それ以外は無口で人づき合いが苦手らしいこと。フィールドワークで山や森に行くとき以外の服装は、きちんと見えるように気を遣っていること（構わず適当なものを着ていた頃、女子学生たちに「もうちょっとなんとかしてっ」と半泣きで懇願されたらしい）。悲しみや怒りなどの負の感情はにこやかな微笑みの下に押し隠し、決して見せようとはしないこと。

そして何より、大切なことが二つ。

一つ目は、彼がお迎えうさぎが不吉なものではないと真剣に信じてくれていること。うさぎについて語るときの神孫子はいつも、澄んだ目をキラキラと輝かせている。『人生を賭けた片想い』と言っていたとおり、お迎えうさぎが本当に好きなのだと語り口からも表情からも窺える。彼がミトたちをもっと理解しイメージをよくしたいと思っているのは、きっと本当だ。

そしてもう一つは、彼が写真の青年——小林渚をとても大切に思っていること。ミトが人間体でいるとき、たまにじっと注がれている神孫子の視線を感じる。そのときの彼の目はいつもなんともいえない優しさとそれ以上の悲しさをたたえている。それに気づくたびに、ミトの心もぎゅっと締めつけられるように痛くなってしまう。

ゼミには小林渚という名の学生はいなかった。ミトの知る限り、それらしい人物が神孫子の前に現れたことはない。

小林渚は今どこにいるのだろうか？　気になってはいるが、神孫子の悲しげな表情を思い出すと聞くのをどうしてもためらってしまうミトだった。

「もっと先生の力になりたいなぁ……」

思わず独りごちる。恩返しをするつもりで彼のそばに残ったのに、まだ何もできていない。ふがいなく、もどかしい。

深い溜め息をついたとき、話し声が近づいてきて扉が開けられた。

「あ、ミト君ちわ～」

「準備いつもお疲れ様～」

顔見知りになったゼミの学生たちが入って来る。男子二人、女子二人だ。

「皆さんこんにちは！　先生から聞いてると思いますが今日のゼミは自習で、こっくりさんの検証をお願いしたいということです」

神孫子から後を任されたミトは気持ちを切り替え、張り切って一同に向かう。

「またこっくりさんかー」

「だからアビちゃん先生好き」

全員がクスクスと笑う。

これまで神孫子の助手をしつつゼミの学生たちを観察してきたが、神孫子のように熱心に研究に打ちこんでいる者はいないようだった。神孫子が不在のときになぜこのゼミに入ったのかインタビューしてみたところ、『なんか面白そうだから』『楽だから』といった答えばかり返ってきた。中には神孫子狙いで入ったという女子学生も何人かいたが、その全員がなんともいえない苦笑で言った。

——知れば知るほど残念なイケメン。あんな変な人だとは思わなかった～。すっごいかっこいいのに惜しすぎるよ！

——オタクだよね。うさぎオタク。ゼミの飲み会でもうさぎとか都市伝説の話ばっかかで、正直引くというか。

——アビちゃん先生の理想の恋人ってうさぎなんじゃない？

男子学生も神孫子の印象については似たような反応だ。

——学内でも有名な変人！　俺神孫子ゼミだって人に言うといきなり笑われるし。

——私生活知りたいよなー。あんなふうにうさぎや霊の話ばっかしてると友だちいないんじゃね？

——現に学内でアビちゃんが誰かと一緒にいるの見たことない。いつも一人で、なんかニコニコしてる。

結構低い評価のように思えるが、決して嫌われているわけではなさそうだった。若干風変りなところのある神孫子が、生真面目なだけに純真で優しいことは皆知っている。温かく見守りつつ、しかし特別近しくなりたいとは思わないといったところが大方らしい。

——先生は多分人間には興味ないんだよ。うさぎとしか仲良くなりたくないんじゃない？

そう言った学生もいた。仲良くしようとこちらから近づいていったところで、心を開いてもらえそうもないというのだ。

そうだろうかとミトは首を傾げたものだ。

(先生が最初っから俺にオープンな感じだったのは、やっぱり俺がお迎えうさぎだからなのかな？)

ちょっと寂しく感じてしまう自分の気持ちより、神孫子が学内でいつも一人だということのほうがずっと気になっていた。

「皆さん、こっくりさんは決して遊び半分でやらないようにしてくださいね。不真面目な気持ちで始めると、こっくりさんが帰ってくれなくなることがありますから」

学生たちを前にミトが人差し指を立てて大真面目に忠告する。万が一帰ってもらえないようなことになっても、今日はミトがフォローしてあげられるので彼らは安全だ。神孫子も安心してフィールドワークに出かけていることだろう。

「ヤバい、今のミト君マジで似てた。渚先輩に」

「ちょっと」

一人の男子学生が口走り、隣の女子学生が彼を肘《ひじ》で突く。

「渚先輩って……もしかして、小林渚さんっ？」

耳を疑いミトは身を乗り出した。

「え、ミト君、渚先輩のこと知ってるの？」

「お顔はお写真見たので知ってるんですけど、どういう人かは知らなくて。もしや前にゼミにいた人なんですかっ？」

ミトの勢いに学生たちはやや引いてから、顔を見合わせてなんとなく言いづらそうに口を開いた。

「え～っと、俺たちの一年先輩で、先生の助手してた人。今のミト君みたいに」

「ミト君が似てるから、最初見たときちょっとびっくりしちゃった」

最初に学生たちに紹介されたとき、確かに彼らの反応が奇妙だったのを思い出す。

「皆さんは三年生だから、渚さんは今四年生の方なんですよね？　もう先生のお手伝いはされてないんですか？」

全員が何ともいえない顔で無言になってから、一人がポツリと言った。

「亡くなったんだよ。一年前に」

「えっ！　な、なんで……」

「篠土山《しのつちやま》の崖から、足を滑らせて落ちたんだって」

言葉が出なかった。写真を、そしてミトを見るたびに神孫子が悲しげな目をしていた理由がやっとわかった。

（小林渚さんは、もうこの世にはいない人だったんだ……）

胸がぎゅうっと締めつけられるように痛くなる。今でも渚の写真をカードケースに入れて持ち歩いているほどだ。神孫子の悲しみは計り知れない。

「渚先輩、ホントに神孫子先生を慕ってたよね。いつもくっついてて」

「あー、うんうん。先生の延々と続くうさぎ話をすごく熱心に聞いててさー。先生のためにマジでうさぎ捜してたみたいだったし」

渚のことが話題に上るのも久しぶりだったのかもしれない。ミトが問わずとも学生たちは懐かしそうに語り出す。

「先生も先輩といるときはなんか楽しそうにしてたよな。学食で一緒にメシ食ってるの俺何度か見たよ。話題はうさぎオンリーっぽかったけど」

「渚先輩はガチで見える人だったらしいぜ。アビちゃん、それでそばに置いてたんだよ。あの個人主義のアビちゃんが他人に心を許すなんてさ」

「確かに〜。どっちかっていうと先輩のほうが先生にくっついて回ってたもんね」

口を挟まず聞きながらミトは違和感を覚えていた。彼らの話によると、どうやら霊感があった渚が神孫子を慕いつきまとっていて、神孫子はそれを容認していたといったところらしい。霊の話ができる仲間だからと彼らは思っているようだが、本当にそれだけだろうか。

（先生、写真見てあんな悲しそうな目をしてたのに……）

「渚さんが亡くなられたときは、先生もさぞショックだったでしょうね」

思わず口にしていた。当時を思い出しているのか、学生たちは首を傾げる。

「や｜、見た感じそんなに変わんなかったよな？」

「いつもニコニコしてて何考えてるのかわからないようなとこあるから」

「でもでも！　渚先輩亡くなってから……やっぱちょっと先生違うよ」

一人の女子学生が声のトーンを落としてつぶやいた。その瞳はやや潤んでいる。

「先生って前から、先輩と一緒じゃないときは一人だったけど、先輩死んでから、もっとなんていうか、本当にたったひとりになった気がするの。いつも笑っててちょっと見変わらないけど、なんか先生が突然自殺しちゃったりしても、あたし驚かないかも……」

「ユナ、何縁起でもないこと言ってんのっ」

隣の女子学生が笑いながら肩を叩くが、皆彼女の言ったことを否定しきれないような微妙な顔をしていた。

「大丈夫よ。だって今はミト君いてくれるんだから。ねっ？」

「えっ？　うん、はい！　大丈夫です、心配しないで。先生には俺がついてますからっ」

いきなり振られたミトは焦りながらも胸を拳で叩き、任せてアピールをする。学生たちの表情がホッとやわらいだ。

外から話し声と足音が近づいてくる。ほかのゼミ生たちが来たのだろう。

「あっ、もう一セット机準備しましょう！　皆さん、手伝ってくれますか？」

場の空気を変えようとパンと手を叩き率先して動き始めたけれど、ミトの心は当時神孫子が味わっただろう深い悲しみを思い曇っていた。


こっくりさんはアクシデントもなく無事終わった。結論から言うと三つの机のどこにも霊は来てくれなかったので実証実験は失敗ということになるのだが、ミトはホッとしていた。

メンバーに一人でも遊び半分の人がいると、たまたま本当に降りて来た狐《きつね》の霊や浮遊霊が怒ってしまい、よくない霊障をもたらすことがあるからだ。

後片づけを終えゼミ生たちにさようならを言って大学を出ると、西の空は夕焼けで真っ赤に染まっていた。

神孫子に持たされたスマートフォンを取り出し、今から帰りますとメッセージを送る。ちょうどフィールドワークを終えて帰る途中だったらしい神孫子から、迎えに行こうかと返事が来たが断った。大学から郊外にある家までは徒歩で三十分ほどだ。なんとなく今日は一人でゆっくり歩いて帰りたい気分だった。

神孫子に似ているニコニコマークつきのメッセージを送ってスマホをしまい、ミトはテクテクと歩き出す。夕陽《ゆうひ》がなんとなく物悲しく見えるのは、今日学生たちから聞いた小林渚の話が頭から離れないからだろうか。

（先生はまだきっと、渚さんの死を悲しんでるんだよね……）

たまにミトを見るときの瞳がそれを物語っている。崖からの転落死というなら予想外の突然の別れだったのだろう。たとえ周囲の人間からそうは見えなくても、神孫子の心は確実に砕けたはずだ。

（俺、慰めてあげられないかな……）

せっかくそばにいるのだ。何かしてあげたい。神孫子がまだ心に傷を抱えているのなら自分が癒してあげたい。そう思いながらも、渚の話を持ち出してつらいことを思い出させるのも躊躇してしまう。

悶々《もんもん》と考えながら人気のない道にさしかかったとき……。

「おい」

後ろから剣呑《けんのん》な声が届いた。周囲には人がいないのでミトにかけられたものに違いなかった。

「？」

振り向いたミトは一瞬にして固まった。立っていたのはクールな雰囲気の目つきの鋭い男——以前、神孫子を狙っていた青年だった。今日もレザーの黒ジャケットに黒のスキニーパンツという黒ずくめだ。

「あ、あなたは……っ！」

刃《やいば》のような目に暗い光を宿した男が一歩前に出る。怖くて逃げ出したいのをミトは必死で我慢する。彼が神孫子に憎しみを抱いているのなら、その理由を聞き出さなくてはならない。

「おまえ今、神孫子真一と同居してるだろ。いつからだ？　あいつとはどういう関係だ？」

続けざまに問われ、ミトはうろたえる。

「な、何でそんなこと聞くんですか？」

拳を握り、脚が震えそうになるのを耐えながら聞き返した。

「いいから答えろよ」

凄味《すごみ》のある目に睨まれて、つい後ずさってしまう。

「三週間前から、です。先生のお仕事のお手伝いをしてる、俺助手ですっ」

ミトが説明すると、男は「助手、な」と鼻で笑った。小馬鹿にされたようで感じが悪い。

「あ、あなたこそ誰ですかっ？　あなた前に校門のところで先生のこと見張ってましたよね」

びくついていては神孫子を守れない。ずっと気になっていたが現れてくれなかった相手が出て来てくれたのだ。ここは自分が対決して二度と神孫子に近づかないよう言っておかなくては、とミトは下腹に力をこめる。

「俺、見てたんですよ。あなたあのときすっごい目で先生睨んでて……一体何しようとしてたんですか？」

「ぶっ殺してやるつもりだった」

あまりにもストレートな答えにミトは思わず怯《ひる》む。

「なっ……ど、どうして？　何か先生に、恨みでも……」

「大ありだ。あいつは俺の弟を殺した」

「えっ？」

あまりのことに耳を疑う。男の瞳に宿る憎しみの影が濃くなる。

「あいつは……神孫子真一は、俺のたった一人の弟を利用して死に追いやったんだよ」

ゆっくりと言い聞かせるように男は繰り返す。ミトは唖然《あぜん》としながら言葉を絞り出す。

「そんなっ、先生が、そんなこと……するわけな……」

「おまえあいつとつき合って三週間っつったな。まだそんなに知らねぇだろ、あいつのこと。忠告って意味でも教えてやるよ。おまえも同じ目にあわねぇようにな」

闇の底をのぞくような目をした男にずいっと近寄られて、ミトは体を硬くする。

「俺の弟は神孫子のゼミの学生だったんだ。大学の中じゃ浮いた存在だった変人のあいつのことを、弟はいろいろと気にかけて研究の手伝いなんかをしてやってた。今のおまえみたいにな」

そう言ってミトを見つめ細められた瞳は、一瞬だけ憎しみの光を消したように見えた。

「そのうち弟はあいつにくっついて回るようになった。弟は引っこみ思案で、その上普通の人間には見えないものが見えたりしたもんだから、昔からちょっと周囲と距離を置くようなところがあった。だからあいつに重宝されて嬉しかったんだろうな。弟が毎日楽しそうなのを見ながら、俺もよかったと思ってたよ。ガキの頃親が死んでから、ずっと二人だけで生きてきたから」

わずかに口もとがゆるんだのを見て、目の前の彼にも笑っていたときがあったのだろうと想像し、ミトの心は疼《うず》く。

「ただ、弟は純粋だった分騙されやすいとこもあった。俺は心配になって相手がどんなヤツか探ってみたんだ。そしたらどうも神孫子は相当な変人で人嫌いって話だった。気になりながらも放っておいたんだが……」

男の表情が一気に暗くなる。

「そのうち、出かけるたび帰りが深夜になったりし始めた。理由を聞いても笑って答えなかったが、大方神孫子にこき使われてたんだろ。弟くらい『見える』ヤツなんてそうそういないから、あいつにとってはさぞ使い出があったんだろうな」

男は吐き捨てるように言った。瞳に怒りが戻る。

「弟は見るからに疲れてたのに、研究馬鹿の神孫子はそれに気づかなかったんだろ。それとも気づかないふりをして弟をボロ雑巾《ぞうきん》になるまで使い尽くすつもりだったのか。弟が崖から飛び降りたのは疲れ果てて嫌になったからだ。過労死みたいなもんなんだよ」

ドクンドクンと心臓が音高く鳴っている。怖いけれど、大切なことを確認しなければならない。ミトは思い切って口を開く。

「もしかして、あなたの弟さんは……小林、渚さん……?」

「はっ、名前くらいは聞いてたか。じゃあ、おまえと顔がよく似てるって話も聞いたか？　ったく最低だよな、自分が死なせた男とそっくりなヤツをまたそばに置くなんて。悪趣味この上ないぜ」

渚の兄は唇を歪《ゆが》め、ミトの頬を指先でぴたぴたと軽く叩く。

「お、弟さんは、落ちたんじゃなくて、飛び降りたんですか……?」

確かめる声が震える。

「遺書もなかったから転落死ってことにされたが、自殺に決まってる。俺の前では笑ってたけどな、一人のときはつらそうにしてたこと知ってんだよ。死にたくなるほど弟を追い詰めたのは神孫子だ」

「そ、そんな……あなたは、誤解してますっ。先生は渚さんが亡くなったことを、心から悲しんでます。ホントです！」

「そりゃ少しは気が咎《とが》めてんだろうよ。けど、渚によく似たおまえを助手にしてるとこ見ると、懲りてねぇな。一年もたったから、もう禊《みそぎ》は済んだってわけだ。でもな、俺は絶対に許さねぇ」

すごい力で腕を摑まれミトは顔をしかめる。

「たった一人の大事な家族だった弟を殺したも同然のあいつが、弟に似た新しい助手を雇って変わらずヘラヘラしてやがるのを見るとおかしくなりそうになる。あいつは根っからの冷血野郎だ。なぁ、もしかしておまえも『見える』ヤツか？　ならせいぜい気をつけろ。あいつにさんざん利用されて殺されるぞ」

突き飛ばすようにミトの腕を離し、渚の兄は背を向ける。

「夜道は気をつけろってあいつに言っとけ」

不穏な言葉を残し、黒い背中は血のように赤い夕陽に包まれ消えて行った。

「ミト君おかえり！」

ただいま、と引き戸を開けるなり引き寄せられぎゅっと抱き締められて、ミトは「わわっ」と声を上げる。

「少し遅くなかったかい？　心配で、やっぱり迎えに行こうとしてたところだよ。もしかして誰かにさらわれそうになった？」

「せ、先生、大丈夫ですよ。俺大人だし、さらう人なんかいませんよ」

神孫子の体温と鼓動を感じているだけで、なんだか頬が熱くなってくるのはいつものことだ。ミトは両手で相手の胸をそっと押して離れる。

「そんなのわからないよ。ミト君が普通の人間じゃないというのは見る人が見ればわかってしまうだろうからね。もしかして道にでも迷ってたのかな？　このへんは路地が多いから」

「えーっと、はい。そうなんです、実はちょっと迷っちゃって」

ミトはえへへと頭をかく。渚の兄、小林の顔が頭をよぎったが、神孫子には彼と会ったことをまだ言いたくなかった。

「なるほど。うさぎ君にはスマホのマップは必要ないかと思っていたけれど、使い方を教えておいてあげたほうがよさそうだね。早くお上がり。今夜はね、海の幸シチューを作ったんだよ」

ミトが人間の食べ物をおいしいおいしいと食べるので、神孫子はいつも張り切って手料理を作ってくれる。家族がおらず一人暮らしが長かったらしい彼はミトが手伝う必要がまったくないほど家事を完璧にこなす。

ちなみにどうしてずっと一人なのか、家族はどうしたのかというような話も、神孫子から聞いたことはない。たくさんのことを知ったつもりでも、実はまだ意外に彼について知らないことが多いのに気づく。

おいで、とミトを促し戻って行きかける背を「あの、先生っ」と呼び止めた。

「うん？」

神孫子が振り向く。いつもの優しい微笑みに、続く言葉が出なくなってしまう。

（渚さんのことも、お兄さんのことも、まだ聞かないほうがいいかな……）

その話題を出したら穏やかな微笑が途端に消えてしまいそうな気がして、ミトはそのまま言葉を飲みこみ笑顔を作った。

「俺シチュー大好きです！　あー、お腹ぺこぺこ！　お代わりしちゃいそう」

「いくらでもしていいよ」

髪を優しくくしゃくしゃっとされ、ほんわかとぬくもりが伝わる。小林が言ったように神孫子が渚を利用していたとは、ミトにはやはり思えなかった。

シチューがおいしすぎて三杯もお代わりしてしまったが、ミトの頭の中では学生たちの話と小林の話がぐるぐると回っていた。

両方の話をまとめると、こういうことになる。

小林渚は神孫子の助手としていつも一緒にいた。大学でも浮いた存在の神孫子と親しくしていたのは渚だけだった。けれど神孫子のほうは霊感のある渚を便利に使っていただけで、疲労の限界にきている彼を酷使していた。溜まりに溜まった疲れが精神を削っていき、ついには渚は崖から飛び降りて自殺した。

こうして整理してみてもやはり違和感がある。知り合ってからひと月もたっていないとはいえ、ミトは神孫子がどんな人間かわかっているつもりだ。人づき合いが苦手な彼が助手としてそばに置いていたというのなら、それだけ渚を信頼し大事に思っていたのに違いない。それに利用していただけの人間の写真を、死んだ後もあんなふうに大切に持ち歩くはずがない。

(お兄さんは、やっぱり誤解してる……)

神孫子のことを恨み、憎悪の瞳で睨みつけていた小林。けれど彼のその目も悲しみに満ちていたことに今日気づいた。両親が死んでから、渚がたった一人の家族だったと彼は言っていた。神孫子と同じように深い喪失感を味わったに違いない彼は、その反動でやり場のない怒りを神孫子に向けているのだろう。

（渚さんの身に何があったのかな……）

渚の魂は無事天国に行けたのだろうか。地上に強い心残りがある霊は昇天できずさまよっていることが多い。転落死であれ自殺であれ、大切な人たちに別れも言えず亡くなった渚には悔いがあったのではないだろうか。

「ミト君……ミト君？」

「えっ……はいっ」

何度か呼ばれていたようだ。物思いにふけっていたミトがあわてて顔を上げると、心配そうな神孫子にのぞきこまれていた。

「大丈夫？　なんだかちょっと元気がないようだけど。もしかしてこっくりさんを呼べなかったからがっかりしているのかな？」

「や、違うんです。心配しないでください、先生」

ニコッと元気に笑ってみせるが無理をしているのが伝わってしまったらしく、神孫子の表情は晴れてくれなかった。

「このところ僕がいろいろとこき使ってしまったから、疲れているのかもしれないね。そもそも君には本来の大切な役目があるのに僕の雑用なんかをさせてしまって、本当に申し訳ない。これからは君の任務のほうを優先して。僕もできることがあれば手伝うよ」

「先生、ありがとうございます。でも俺ホントに平気ですよ。先生にパワー分けてもらってるから調子いいし、先生のお仕事のお手伝いもすごく楽しいんです」

嘘ではない。フィールドワークに同行したりゼミの若者たちと交流したりするのは、まるで自分が人間の大学生になったような気がしてわくわくする。けれど確かにこのところ、うさぎのお役目のほうは前ほど進んでいないかもしれない。どこかで見ているだろうリロイに叱られてしまいそうだ。

「ところで、先生のほうはどうだったんですか？　今日行ってた場所は？」

話題を変えたら笑ってくれるかと思ったのだが、神孫子はさらに深刻な顔になった。

「う～ん、それがね、なかなかに手強《てごわ》そうなんだ。この目で現場を見てただの噂でないことは確信したんだけど、ちょっと霊感がある程度の僕には手に負えない感じだった。危険すぎて、あそこには学生たちを連れて行けないなぁ」

「え、そんなに？　先生には何か見えたんですか？」

ミトが身を乗り出すと神孫子は眉根を寄せつつ説明してくれた。

場所は古い県営団地の裏手の今は使われていないゴミ置き場。何十年も前から、そこにはたくさんの古びたぬいぐるみが放置してある。寒い雪の朝、そこで凍死しているのが発見された子どもの冥福を祈り供えられたものだという。どうやらその子は親に虐待を受けていたらしいが、相当昔の事件なので事情がわかる人は古くからの住人にもいないようだ。

だがそのもう使用されていないゴミ置き場を撤去しようとしたり、ぬいぐるみを処分しようとしたりすると、必ず不吉なことがあるのだという。工事の作業員や団地の清掃担当者が交通事故にあったり、脳出血で入院したりといったことが起きるというのだ。

「結局亡くなった子の霊がまだそこにいるのではという噂が広まってね。今じゃ誰もその周辺には近づかないんだよね。もっとも、見るからに近づきたくない雰囲気ではあるんだけれど」

ここだよ、と言って神孫子はスマホで撮った現場写真をミトに見せてくれた。ブロックで囲われた見るからに古いゴミ置き場に、ボロ布のようになったぬいぐるみらしきものが積まれている。さすがのミトでも写真だけでそこに何かがいるかどうかの判断は難しい。

「写真だとわからないけど、実際にそこに立ったときは僕も鳥肌が立ったよ。はっきりとした形では見えなかったんだが、確かにいるんだよね。僕もこの分野の研究を始めて何年かたつけれど、身動きが取れないほど怖くなったのは初めてだったよ」

強い怨念を持った地縛霊だと人間だった頃の姿も崩れ、恨みの固まった闇色のオーラと化してしまう。そうなると霊感のまったくない者にまで霊障が及ぶレベルになる。

「ホントに死んだ子の霊がそこに残ってるんでしょうか」

「もしそうだったらやり切れないよね。つらい思いをしたまま息を引き取ってあの場所にしがみついていたのに、邪魔にされそうになったら怒るのも無理はないかもしれない。団地の住人たちは恐れていたけれど、可哀想だね」

恐ろしい怨霊かもしれないのに神孫子は悲しそうに目を細める。単に興味だけで研究をしているわけではなく、神孫子が優しさを持って一つ一つの事例に向き合っているのは、これまで彼を見てきてミトもわかっていた。

「とにかく、今日のケースは専門家に任せたほうがいいかもしれないな。ちゃんとお祓《はら》いをしてもらって……」

「先生、俺そこに行ってみたいです」

とっさにミトははいっと手を上げてそう言っていた。神孫子が目を見開く。

「ミト君が？　駄目だよ、危険だ」

「大丈夫です。ていうかそれ、俺たちお迎えうさぎの出番かもしれないです。俺、お役に立てると思います」

「そうなのかい？　ということは、君たちお迎えうさぎの役目は霊を祓うことなの？」

自分たちの務めについては口外してはいけないことになっているが、神孫子には話してもいいような気がしていた。彼は地上の人間の中でもっともお迎えうさぎに対する理解が深い。その上イメージをよくし、守ってくれようとしている。いってみれば味方だ。

「祓う、と似てますけど、天国に送ってあげるんです。地上にはいろんな思いを残してしまっていて、旅立っていけない霊がたくさんいるので。俺たち、そういう人たちの力になってあげてるんです」

神孫子は新事実に驚きの表情で何度も頷く。

「なるほど、そうだったのか！　でもミト君、僕に話してしまってよかったのかい？　それは君たちのトップシークレットなのでは？」

「俺、先生には聞いてほしいって思ったので。だって先生は俺にパワーを分けてうさぎのお役目に協力してくれてる人ですよ？　大事なことを隠したまま協力させるなんて失礼です」

力強く言ってぎゅっと両拳を握ると、神孫子はアハハと笑い「ありがとうミト君」ととろけそうな微笑を向けてくれた。トクンと胸が大きく鳴る。彼のこの微笑みにはミトは本当に弱い。ときめきを咳払《せきばら》いでごまかし、

「えっと、先生、早いほうがいいですよね。だってホントにその子がそこにいるなら、つらい思いは少しでも早く終わらせてあげたいし。今これからでも俺行けますよ？」

任せてと胸を叩くミトを、「駄目駄目」と言いながら神孫子が笑って引き寄せた。丸いちゃぶ台を囲んで隣に座っていたミトは引っ張られて神孫子の膝に倒れこむ。

「わわっ、先生？」

「今日は疲れただろう？　うさぎに戻っていいよ。しっかり治してあげようね」

髪を撫でられているうちに心地よくなってきて、ミトは安心してうさぎの姿に戻る。小さくなったミトをよいしょと膝の上に乗せた神孫子がふわふわと体を撫でてくれる。

「ここも……ここも毛が抜けているよ。昨日はちゃんと生えていたのにね。君が今日とてもがんばった証拠だ。お疲れ様」

労《ねぎら》うやわらかい声が子守唄のようで、ミトはうっとりと目を閉じてしまう。

何しろ今日はいろいろなことを考えすぎて心がヘトヘトだ。そういう疲れはすぐに体に表れる。

「蒲の花ほどじゃないけれど僕の指先も少しは効果があるかな。……あ、ここにも新しい傷ができているよ。後で絆創膏を貼ってあげよう」

ミト君がよくなりますように、ミト君の疲れが取れますようにとつぶやきながら、神孫子は丁寧に体をさすっていってくれる。触れる指先から温かいものが流れこんできて全身の力が抜けていく。とても気持ちがいい。

「先生……俺、寝ちゃいそうです……」

今日はたくさんたくさん悩んだ。だからもう悩みたくない。このまま神孫子の腕に抱かれて、夢も見ずにぐっすり眠ってしまいたい。いろいろなことはまた明日考えよう。

「おやすみ、ミト君……本当にありがとう」

僕と出会ってくれて、と聞こえた。なぜか浮かんだのは、写真の渚の顔だった。

(渚さん、大丈夫……俺が今、一緒にいるよ)

先生は一人じゃないよ、と心の中で渚に伝え、ミトは眠りに落ちていった。

＊

翌日、ミトは神孫子と車で一時間ほどの所にある噂の県営団地へと向かった。神孫子にパワーを満タンにしてもらいぐっすりと眠ったおかげで体調は万全だ。気になる渚のことも今は脇に置いて、これから会いに行く子どもの霊のことだけを考えることにした。

駐車場に車を停め歩《と》いて現場に近づくごとに、ざわざわと寄せてくるような負の気配を感じた。晴天ののどかな午前中なのに、その団地の周辺だけ灰色の雲に覆われているような気すらする。

不穏なオーラに引かれるように進んで行くと、件《くだん》のゴミ置き場が見えてきた。写真で見るよりも実際はその何倍も異様だった。

団地の裏手の日の当たらない暗い場所、崩れかかったブロック塀に囲われたそこに、もとがなんだったのかもわからないほど黒ずみ形の変わったぬいぐるみが何体も置かれている。いつから放置されているのか、見るからに年数のたっているそれらは目鼻の判別もつかない顔をミトたちに向けている。

よどんでいる暗い気に圧倒され、五メートルほど離れたところで足を止めたミトは深く息を吐いた。

（この子、俺に送ってあげられるかな……）

ものすごい負のオーラだ。おそらく数年ではきかない、数十年単位で積もってきた悲しみや苦しみの感情が塊《かたまり》となって留まっている。今ではもう子どもの形も失ってしまった霊は、近づく者を攻撃しようと待ち構えているようだ。

怨念の強すぎる地縛霊は説得に耳を貸さず、逆にお迎えうさぎを取りこもうとしてくると聞く。怨霊に取りこまれたら最後、ミトも永遠にその霊と同じ苦しみを味わいながらのた打ち回ることになる。

「ミト君、やっぱり帰ろう」

ミトの緊張が伝わったのだろう。神孫子が後ろから労《いた》わるように両肩に手を置いてきた。神孫子はそれほど霊感が強くないので霊の発する負のオーラをミトほどは感じていないようだが、それでもその表情は硬い。

「お迎えうさぎがどんなふうに霊を昇天させるのか、僕も正直知りたいとは思う。でもそれ以上に、君を怖い目にあわせたくない。無理はしないでほしい」

肩に置かれた手にぐっと力が入り、神孫子はミトを下がらせようとする。いつもミトのしたいように自由にさせてくれている彼の珍しく強い口調に、心から心配してくれているのがわかり胸が温まる。

ミトは神孫子の手の上に自分の手を重ねた。ぬくもりとともに彼のパワーが伝わってきて、全身が何か強力なバリアで守られたように感じてくる。こんなことは初めてだ。

――こちらが怯えると相手は心を閉ざし逆に攻撃してくる。お迎えうさぎのプライドをしっかり持って、どんな霊でも絶対に救ってやるという気概で行け。

以前リロイがくれた助言だ。ミトにはリロイのようなプライドも経験もない。けれど、苦しんでいる霊を救ってあげたいという気持ちは誰にも負けない。その気持ちの強さが自分の力に変わると信じてもいる。

（それに、今は先生からもらったパワーがある！）

神孫子から分けられたパワーが月で補充するものより強いのはきっと、ミトを守りたいという彼の気持ちがこもっているからなのだと今ミトは実感していた。

「先生、大丈夫。俺、助けられると思います。先生はここから動かないでくださいね」

ミトは神孫子を振り向き頷くと、慎重に進み出た。黒い靄《もや》のようなものが威嚇するように湧き上がる。怖がらず前に立ち、ミトはもう人の形をしていないその靄に話しかけた。

「こんにちは。俺はミト。君のお名前は？」

答えはない。ただ耳をふさぎたくなるような呻《うめ》きめいた音だけが耳に届く。

不思議と怖いとは思わなかった。今はこんな姿になってしまっているこの霊も、かつては人として笑っていたときがあったはずだ。生まれてから一度も笑ったことのない人間なんているはずがない。そうミトは信じている。

「君の、お名前は？」

微笑みかけながら、ゆっくりと穏やかに繰り返す。誰かが優しい声でその名を呼んでくれたことが、きっとあったに違いない。その声を、温かい音を思い出してほしかった。

だが霊からは刃が突き刺さってくるような負の感情が返ってくるだけだ。苦しい。つらい。寒い。寒い。寒い。そして一番強く感じる、寂しい、という思いにミトの目は熱くなる。

「この子たちは、君のお友だち？　君とずっと一緒にいてくれたんだね」

手を伸ばし形の崩れたぬいぐるみに触れると、視界をいきなり靄が覆い、手の甲に鋭い痛みが走った。まるでかまいたちのように切れた傷口が一直線に赤くなっている。

「ミト君！」

たまりかね前に出ようとする神孫子をミトは片手を上げて制する。大丈夫です、と瞳で語りかけると、まるで自分が切られたようにつらそうに眉を寄せながらも神孫子はその場に留まった。

どうやらぬいぐるみに触れられたくないようだ。靄はさらに広がり、ぬいぐるみ全体を包み始めている。

「大丈夫だよ。大事なお友だちを取り上げたりしないから。だってこの子たちは、長いこと君をあっためてくれてたんだもんね」

切られたとき霊に触れたことで、微《かす》かな思念が映像としてミトの心に流れこんできた。

女の子がこのゴミ置き場の隅にちょこんと座っている。灰色の空からは視界を遮るほどの雪が降っているのに、彼女は半袖Tシャツと短いスカート姿だ。手には何体かのぬいぐるみを抱え、すがるように小さなそれらを抱き締めている。

苦しい。つらい。寒い。そして、寂しい。

少女の感情がストレートに胸に響いてきて、ミトは流されてしまわないようぎゅっと拳を握った。そして、ふうっと息を吐き目を閉じる。眩い光がミトの全身を包むと同時に、本体のうさぎの姿に変わる。

うさぎに戻ったミトは一歩前に出た。体が小さくなったことで彼女と目線が近くなる。靄が膨張を止《や》め、わずかに震えた。

「みんなと一緒にあったかいところに行こう。そこでなら、君はいつも笑ってられるよ。もう寂しい思いしなくてもよくなるよ」

ミトが語りかける。霊は攻撃してくる気配はない。

——うさぎ、さん……？

初めて霊から人の言葉らしきものが届いた。本当に微かな音だったが、それは間違いなく彼女の声だった。

じわじわと黒い靄が近づきミトの体に触れてくる。触れられたところの毛がパサパサと抜けていくが、さっきのように傷はできない。霊は警戒しながら撫でるようにミトに触り、やがて全身をくるんだ。

ミトは目を閉じる。少女が小さな手で自分をぎゅっと抱き締めるのを感じる。黒かった靄

が、少しずつ透明になっていく。

「君の、お名前は？」

もう一度聞いた。

――……さちこ……。

生前の形を完全に失ってしまった霊は、それでも自分の名前をまだ覚えていた。「さちこちゃん」とミトが呼んでやる。かつて誰かが呼んでいた、彼女の名前を。

「大丈夫。もう苦しまないで」

ミトは短い手を伸ばすと、凍りつきそうに冷たい霊をそっと抱き返してやった。

「さちこちゃんの魂とその大切なお友だちが、安らかな救いとともに永遠の園に迎えられますように」

だんだんと透明になった霊はやわらかな日差しに包まれて、少しずつ少しずつ上空へと昇っていく。その周りをまだ綺麗だった頃の姿に戻ったぬいぐるみたちが守るようにとりまいて一緒について行くのを、ミトは見守る。

星の欠片《かけら》のようにキラキラしたものが、頭上からミトに降り注ぐ。薄幸な少女にはきっと楽しかった思い出はほとんどなかったのだろう。降ってくる輝きの欠片はすぐに小さな塊になり、銀白色の花を咲かせる。

すべてが終わりゴミ置き場に残ったのはその一輪の百合と、役目を終えたぬいぐるみの残骸だけだった。

（終わった……俺にも送ってあげられた）

緊張が一気に解け、揺らいだミトの体を力強い腕が支えてくれた。見上げた神孫子はなんともいえない感極まったような表情をしていた。

「すごいな、ミト君は……」

言葉が出ない様子でそれだけつぶやき、温かい腕がミトをしっかりと抱き締めてくれる。

「ちょっと……感動して、何も言えないよ。とにかく、よくがんばったね。君は本当にすごい。すごいうさぎ君だ」

すごい、えらかったと繰り返しながら、神孫子はぐったりしたミトの毛の抜けた部分を何度も何度もさすってくれた。


管理人にもうゴミ置き場に手をつけても大丈夫だと報告してから、二人は団地の隣にある公園に寄りベンチに並んで座った。少し休憩していこうと言われたのだが、神孫子が何か話したそうな様子なのにミトは気づいていた。

人間体に戻り、近くのコンビニで神孫子が買って来てくれたシュークリームを食べ、甘いココアを飲んでひと息つく。やり遂げた充実感はあったが、先ほどから神孫子の口数が少ないのが気になっていた。彼のことだからお迎えうさぎのお役目を目の当たりにして、興味津々で機関銃のように質問攻めにしてくるかと予想していたのだが……。

「あの、先生……？」

物思いにふけるようにぼんやりと空を見上げている神孫子にそろそろと声をかける。神孫子がハッとミトのほうを向く。

「大丈夫ですか？　もしかして、怖かったですか？」

「あーいやいや、大丈夫。全然怖くなかったよ、ミト君を信じていたからね」

ニコッといつもの微笑みを向けられ、ミトはホッとする。

「それにしても、本当に胸を打たれたよ。あんなに暗いオーラに満ちていた霊が浄化されて空に消えて行くなんて。僕程度の霊感でははっきり見えたわけではないけれど、なんとなく感じたんだ。あの霊がミト君に感謝しながら昇って行くのをね」

その瞬間の情景を思い出しているのか、神孫子の目は眩《まぶ》しそうに一瞬閉じられる。

「あの子は今はもう寒い思いはしていないだろうね。きっと安らかだろう」

「はい、きっと。地上でつらい思いをして長く生きられなかった子は、天国では神様の一番近くにいさせてもらえるって聞いたことあります。さちこちゃん、もう笑ってますよ」

ぬいぐるみで一緒に遊ぶ友だちもできたかもしれない。お迎えうさぎでよかったと思うのは、こんなふうに空に昇った人たちの笑顔を思い浮かべるときだ。

「そうか……よかった。君たちに送られた霊は、皆笑顔でいるんだろうね……」

神孫子は空に視線を向けたまましみじみとつぶやいてから、ミトに目を移した。

「ミト君、僕の昔話を聞いてくれるかな」

そう言った彼の瞳は迷いなく澄んで、その表情は長年の重荷を下ろしたように穏やかだ。

「はい、聞かせてください」

出会ってから今日まで、彼の個人的な話は一切聞いたことがなかった。神孫子自身が話したがらないような空気を感じていて、ミトから聞くことはためらわれていたのだ。

けれど本当は、神孫子のことなら何でも知りたいと思い始めていた。ミトにとってはもう彼はたまたま知り合っただけの親切な人ではなく、もっと近しい位置にいる存在になっていたから。

「実は僕はね、子どもの頃に一度だけお迎えうさぎを見たことがあるんだ」

「えっ……」

「母の亡くなった場所で、見たんだよね」

神孫子は母一人子一人の母子家庭で育った。母親は神孫子より霊感が強い霊媒師で、霊障のある人の相談に乗ったり霊を祓ってやったりして生計を立てていた。若く美しかったため次第に注目されるようになり、美しすぎる霊媒師としてテレビの心霊番組に出演したりもするようになった。

だが、有名になりすぎると叩きたがる者が必ず湧いて出る。霊などいないと決めつける連中が、神孫子の母をインチキ霊媒師だと中傷し始めたのだ。

「それはひどいものだったよ。あることないことＳＮＳで拡散されて、母は外にも出られなくなってしまった。住所もさらされたものだから結局引っ越さざるを得なくなってね。僕はまだ十歳だったんだけど、その頃の笑顔のまったくなかった母をよく覚えてる」

神孫子は淡々と当時のことを話す。いつもと変わらぬ微笑みを浮かべて。

その後、神孫子母子《おやこ》は世間の目から逃れひっそりと暮らしていた。母は霊媒師をやめパート仕事で生計を立てていたが、元々体が弱かったため仕事帰りに倒れてそのまま亡くなってしまったのだ。死因は心身の過労による心臓発作だった。

「それからほどなくして、噂が立ったんだよね。母が倒れた場所……家に帰る途中の路地に母の霊が出るって」

この世に深い恨みを残して死んだ神孫子の母が怨霊となってその道に這いつくばっており、見た者はおかしくなるというひどい噂だった。神孫子はもちろんそんな噂は信じなかった。百歩譲って母の霊がそこにいたとしても、世間に対してそれほどの恨みを抱いて留まっているとは思えなかったのだ。

それでも気にはなり、少年だった神孫子は夜その場所に出向いた。別れも言えず突然亡くなってしまった母の霊が本当にいるのなら会いたいと思ったからだ。

「けれど、母の霊は僕には見えなかった。なんとなくそこに何かがいるような気配を感じたんだけれど、母なのかどうなのか僕にはわからなかった。ただ、ぼんやりと見えたんだよ。ミト君のようなうさぎが」

二本足で立った茶色い毛並みのうさぎはきちんとしたチョッキを身に着けていたが、毛はところどころがはげてボロボロだった。

神孫子は怖くなって硬直した。目の前にいるのが、クラスメイトがトイレの花子さんより怖いと声をひそめて話していたお迎えうさぎだとわかったからだ。見たら死ぬと言われているうさぎと目が合い震え上がった神孫子は、逃げ出すこともできずその場で固まっていた。

「でも、なぜだろうね。うさぎの目を見ていたらだんだんと恐怖心がなくなったんだ。うさぎは僕から目を離すと、その何かの気配のほうを向いて手を差し出し、一瞬だけキラキラ光って一緒に消えて行った。そう、確かそこにもさっきのような百合の花が咲いていたんだよ。そうか……あの花は君たちが霊を送った印なんだね」

神孫子は一人頷き、ミトに笑いかける。

「結局、母の霊はいたのか、そのうさぎが何をしていたのかは当時の僕にはわからなかった。ただ僕が目撃したのが本当にお迎えうさぎだったのなら、巷《ちまた》で言われているような不吉なイメージには違和感があったんだ。きっと何か誤解がある。そう思ってうさぎのことを調べ始めて、ついにはそれをライフワークにまでしてしまったというわけ」

ハハハと笑ってから、神孫子はじっと耳を傾けていたミトのほうに体を向けた。とても静かな安らいだ瞳で。

「ミト君、ありがとう」

「先生……?」

「実はね、少しだけ思ってたんだ。ひょっとしたら母は本当にこの世を恨んでいて、不吉なうさぎを呼び寄せて恐ろしい怨霊になったのではないかってね。でも、今日君が霊を送ってあげるのを見て違うと確信した。あのとき見たうさぎは、あの場に留まっていた母を天へと送ってくれたんだよね」

もしかしたら神孫子はずっと、母のことをその心に抱え続けていたのかもしれない。彼女が苦しみのうちに無念の死を遂げ、いまだに地上をさまよっているのではないかと。

今日彼がその長年の重荷を下ろせたのだとしたら、お迎えうさぎの役目をその目で見届けてもらって本当によかった。

「はい。先生のお母さんは天国に行けましたよ」

ミトは自信を持って頷いた。

「それと俺、思ったんですけど……お母さんがそこに留まってたのは、先生のことを見守っていたかったからじゃないでしょうか」

神孫子が目を見開く。

「あと、先生にお母さんの霊が見えなかったっていうのは、お母さんがそういうふうに願ったからじゃないかって思うんです。先生には、自分がちゃんと天国に行けたって思っていてほしいって。お母さん、先生に心配かけたくなかったんじゃないかな」

神孫子は驚いたような顔でまじまじとミトを見返している。差し出がましいことを言ってしまっただろうかとミトはあわてる。

「ご、ごめんなさい先生、俺知ったふうなこと言って……」

驚きの表情が優しい微笑に変わり、手が伸びてきて髪を撫でられた。

「ミト君……本当に感謝しかない。君が今日救ってくれたのはさっきの、さちこちゃんもだけど、僕もだ。僕も君に救われた」

「先生そんな……俺のほうこそ、先生にいっぱい感謝です！」

ミトはぶんぶんと首を振り両拳を握る。

「俺お母さんのお話聞かせてもらえて、すごく嬉しかった。それに、今日俺がさちこちゃんをちゃんと送れたのって、先生のおかげなんですよ」

「ん？　僕はただ見てただけで何の役にも立ってないよ」

「ううん、すごく力になってくれてましたよ！　先生に分けてもらったパワーが強力だったおかげで、俺、お役目を無事に終えられたんです。なんかレベルがワンランクアップしたって感じでした」

おおげさではなく本当にそんな感覚だった。これまでにないほど体の中に力がみなぎって、神孫子がそこにいてくれるというだけで不思議と安心感があったのだ。

頭に乗せられていた神孫子の手を取り、ミトは感謝をこめてぎゅっと握る。ミトの真剣な表情に神孫子は涼やかな目を瞬《しばた》く。

「先生……俺もっと先生に恩返ししたいです。力になりたいです。だから……小林渚さんのこと、俺に教えてくれませんか？」

昨日からずっと心にひっかかっていたことを思い切って口にした。

母のこと同様、おそらくは神孫子の心の深い部分に抜けない棘《とげ》のように刺さっているのだろう渚のことを口にすれば、悲しい思いをよみがえらせてしまうのではという不安はあった。せっかく縮まってきた神孫子との距離が開いてしまう恐れもあった。

けれど、神孫子のことをもっと知りたい、そして彼の抱えている悲しみをなくしてあげたいと心から思うなら、知らないふりをし続けることはできなかった。

「俺、ゼミの皆さんから聞いたんです、渚さんのこと。今の俺みたいに先生のそばにいた人で、お二人はとても仲が良かったって」

ミトは学生たちから聞いたことを正直に神孫子に伝える。迷いの表情でミトの話に耳を傾けていた神孫子は、小林に捕まったと打ち明けたときその口もとから微笑を消した。

「小林君にっ？　ミト君大丈夫だったの？　彼に何かされなかったかい？」

顔色を変えたところを見ると、神孫子自身も小林にひどく憎まれていることを自覚しているらしい。

「あ、大丈夫です。ちょっと話しただけなんで。でもあの……小林さんは先生のことを、なんていうか、誤解してる、みたいな感じでした」

どう言ったものかと悩みながらミトがぼかして口にすると、

「うん……僕は、彼にかなり恨まれているんだよね」

と、神孫子がつぶやくように応じた。そらされた瞳は彼らしくなくどこか虚《うつ》ろに見えた。

「先生、俺、このままだとつらいです」

しばし降りた沈黙をミトが破る。

「先生と会ってまだひと月もたってないのに、こんなふうに先生の大事な部分に踏みこんだりして厚かましいってわかってます。ホント余計なおせっかいです。だけど、先生が悲しいと俺も悲しくて……心から笑えないんです」

握ったままだった神孫子の手をミトは両手でしっかり包む。空を見ていた神孫子の目がまたミトに向けられる。

「先生だけじゃなくて、小林さんもそうです。お二人ともずっと、渚さんが亡くなってから悲しいままでいます。きっとそれって時間が解決してくれる悲しみじゃないと思います。違ってますか？」

「ミト君……」

神孫子が視線を移ろわせる。何と答えたものか迷っているようだ。

きっと神孫子は一生一人で、渚の死がもたらした悲しみや痛みを背負っていくつもりだったのだろう。でもそれでは小林も、死んだ渚も、神孫子自身もずっと不幸なままだ。

「先生、俺お迎えうさぎです。霊になった人のことはよくわかります。大切な人が自分が死んだことですごく悲しんでたり後悔してたりすると、その霊も安心して旅立てなくて地上に残ってしまったりします。渚さんはどうかわからないですけど、もしそうだったら、俺捜せます。先生や小林さんと渚さんの間に立って気持ちを伝えて、最後はちゃんと送ってあげることもできます。だってそれが、俺の役目だから」

もしも渚が神孫子や小林に想いを残し、悲しい魂となってさまよっているのならなんとしてでも助けたい。渚にも、小林にも、そしてもちろん神孫子にも笑顔になってほしい。

じっと見上げるミトの真摯《しんし》な眼差《まなざ》しを静かな瞳で受け止めていた神孫子が、悲しげな微笑みを浮かべ口を開いた。

「ミト君の言う通りだ。確かに僕は……渚君に心配をかけてしまっているかもしれない」

拒否もごまかしもせず、神孫子はそう言ってミトの手を握り返してくれた。

「ミト君、ありがとう。渚君のことは隠しているつもりはなかったんだ。ただ、自分からその話をするのは、まだちょっとつらすぎてね」

「先生、わかってます。俺、悲しいこと思い出させて……ホントごめんなさい」

「いやいや、言ってもらってよかったよ。考えないようにして目をそらしていたけれど……この気持ちを一生抱え続けていくとしたら到底自分の精神状態がもちそうにないと、本当は僕もわかっていたんだ。けれどそれが」

僕の贖罪《しょくざい》だから、と聞き取れないほどの小さな声が届いた。

神孫子はミトの手を握ったまま、視線を再び宙に向ける。そして、語り出す。

「渚君が僕のゼミに入って来たときはね、ちょっと変わっていて面白い子だなと思っただけだったんだ。ほら、ミト君も気づいてるだろうけど、僕はあまり個々の学生と親しくなるようなタイプじゃないから。それが、いつのまにか隣にいるようになってね。右を見れば彼がそこで笑っている。そういうのが普通になったんだよね」

神孫子は懐かしそうに目を細める。

「ずっと、一人が気楽だった。母のことがあったからか多少人間不信的な傾向があるし、人間関係はとても複雑で僕にとってはうまくやるのがかなり難しい。それなのに、彼とは一緒にいられた。話をしていると楽しかった。一人よりも二人のほうがいいと思える日が自分にも訪れるなんて、不思議だったよ。渚君は、いつも笑っていたな……」

ミトは想像する。学食で向かい合う二人。渚は笑っている。神孫子も笑っている。うさぎの話題で盛り上がる二人を周囲は奇異の目で見ているけれど、そんなことは関係ない。二人のいる場所だけ周りと切り離されている。そこだけが、優しい光で満ちている。

「でも、どんなに楽しい時間も永遠には続かないんだよね。渚君が突然いなくなって、僕はまた一人になった。人はいつどんなふうに死ぬかわからないものだ。母のことでそれは知っていたつもりだったから大丈夫だと思おうとしたんだけれど、これがどうにも難しかった。頭では理解できても、心がね。渚君が隣にいないことに、どうやら僕はいつまでたっても慣れそうもないんだよね」

淡々と語る神孫子の静かな横顔を見ながら、ミトの目は熱くなってくる。

渚が死んだとき、神孫子はちゃんと泣くことができたのだろうか。ああそうか、と事実として受け止めても感情がついていかず、涙を流せなかったのではないか。そして流れ出ていかなかった悲しみは、今でも彼の内に留まり続けているのでは……。

「こんなことになると知っていたらもっとこうしていれば、と後悔することには意味がないと思っていた。だって相手はもういないんだからね。いくら悔やんでもどうすることもできない。でもね、自分がそういう立場になって初めて知ったよ。それでも人間は不毛に悔やみ続けるものなんだって。僕のこの深い後悔は、渚君が旅立つ邪魔をしてしまっているかもしれないんだね」

苦しげに眉を寄せる神孫子を見て、ミトの心も痛む。

「渚さんがもし地上に残ってるとしても、それは先生のせいじゃないですよ。渚さんの意思です。渚さんは先生の後悔がなくなるようにって祈ってると俺思います」

ミトの言葉に神孫子は頷き何か考えこむように俯《うつむ》いていたが、しばしの間を置き上げられたその瞳に迷いはなかった。

「ミト君……もし叶《かな》うなら、僕は渚君ともう一度話をしたい。本当は彼が隣にいるときにちゃんと向き合って、彼のことを知るべきだった。もし今からでも、彼に僕の声が届くのなら……」

「先生、大丈夫です！」

ミトが力強く応じる。

「二人で渚さんを捜しに行きましょう。先生には霊感があるから、もし渚さんがいたら見えるかもしれないし直接話もできるかもしれません。その後に、俺がちゃんと送ってあげられます。それで、皆さんの悲しい気持ちを終わりにしましょう」

もう一度会えて話ができたとしても必ず別れが待っているのだから、どうあっても悲しいには違いない。けれどその悲しさは今抱えている悲しさとは違ったものになるだろう。

「ああ、できることなら」

思い切ったように頷いた神孫子には微笑みが戻っていた。

「もしも渚君がまだどこかにいるのなら、僕もその思い残しをなくして旅立たせてあげたい。彼と話してちゃんと別れを言えたら、僕の心も整理がつくかもしれない。……ミト君、協力してくれるかい？」

「もちろんです！」

ミトは大きく頷く。

ふと気づいた。ミトがお迎えうさぎとして生を受けお務めを始めたのは、ちょうど渚が亡くなった頃だった。もしかしたら、と思う。

もしかしたら、ミトが神孫子と出会ったのは必然だったのかもしれない。そしてミトがずっと捜していた誰かは、渚なのでは……。

（だったら俺にとっても、すごく大切なお役目になる。絶対渚さんを見つけてあげないと……）

ミトは神孫子に笑顔で応え、もう一度力強く頷いた。

＊

少女の霊を送ったことで少しパワーを使いすぎてしまったミトは、神孫子に補充してもらいながら数日間休養した。ミトとしてはすぐにでも渚捜しに出かけたかったのだが、神孫子に止められたのだ。

その間、ミトは神孫子から渚の話をいろいろと聞いた。とはいっても神孫子は基本他人のプライバシーに立ち入らないスタンスだったので、二人で論じ合った研究課題とかどこの心霊スポットに行ったとかいう話が多く、小林渚がどういう人だったのかということになるとあまりにも漠然としていた。

けれど、渚の私生活、渚の好きなもの、渚の得意なもの——そういったことを神孫子が何も知らなくても、二人の絆《きずな》が深かったことは話を聞いていればわかった。

空気のように、渚は神孫子の隣にいた。そして神孫子も自然にそれを受け入れていた。

（お兄さんは先生が渚さんのことを酷使してたって言ってたけど、そんなわけないよね）

ミトが少しでも疲れるとすぐに労わり力を補ってくれる神孫子だ。渚にもきっと同じようにしていたはずだ。小林は神孫子が渚を利用したように言っていたが、ミトはそれは小林の勘違いだと信じている。神孫子がそんな人間ではないと知っているからだ。

とにかく二人の過去のことは、ミトがすべてを知っていなくても問題ない。ミトの役目は渚を捜し出し神孫子と会わせ、ちゃんとお別れをさせてあげることだった。

天に昇って行けなかった霊は気になっている人のそばに寄り添っているのが普通だが、神孫子の周りにも小林の周りにも渚の霊はいなかった。その場合、生前霊が気に入ってよく行っていた場所に留まっていることが多い。

それなら、と神孫子が連れて来てくれたのが、大学から車で一時間ほどの所にある採石場の跡地だった。現在は稼働していないそこは切り立った石壁が遺跡のようにそそり立つ不思議な雰囲気の所だ。周囲には店も住宅もなくとても不便な場所なので、神秘的な景色をわざわざ楽しみに来る人もおらずしんとしていた。

「わ〜先生、なんか綺麗な所ですね！　日本じゃないみたい」

神殿の名残めいた石壁を見上げ、ミトが声を上げる。

「なかなかに壮観だよね。一年ぶりに来たけれど全然変わってないなぁ……」

ミトと並んで手びさしで高い壁を仰ぐ神孫子の口調には懐かしさの中にも寂しさがあり、ミトの胸はチリッと痛む。

「先生、もしかしてあの渚さんの写真って、ここで？」

神孫子の持っている写真の背景と石壁がよく似ている。

「そうなんだ。僕も彼も写真嫌いなんだけど、何か写らないかと連写していたらたまたま彼が入ってしまったという貴重な一枚。僕がその写真をいまだに持っていると知ったら、彼は嫌がるかもしれないな」

神孫子はクスリと笑いジャケットのポケットに手を当てる。今日もそこに渚の写真が入っているのだろう。

「先生と渚さん、たまにここに？」

「うん、フィールドワークで。この採石場跡で猫の顔の形をした石を見つけたら猫神様が願いを叶えてくれるという地元民しか知らない噂があってね。それを検証しに」

「猫神様ですか！」

「噂の出所が摑めなかったしあまりにも地域限定的な話だったから、僕としてはちょっとその信憑性《しんぴょうせい》について怪しんでたんだけど、渚君は気に入ってよくここに来たがったんだよ。『猫神様って可愛いでしょうか』とか嬉しそうに言いながら」

もと採石場だけあってあたり一面石ばかりだ。大きさも形もバラエティにとんだ石で埋めつくされており、もしかしたら中には猫の顔の形のものもあるかもしれない。

「渚君は結構真剣に猫の石を探していたよ。ちょっと変わった色や形の石を見つけると得意げに僕に見せてくれていた」

「先生も一緒に探したんですか？」

「いやいや、僕はただ見てただけ」

「渚さんが探すのを？」

「そう。渚君を見てた」

そう言って神孫子は細めた目をぼんやりと前方に向ける。そのあたりに、かつて渚がいたのかもしれない。無邪気に石を探す渚とその様子を微笑みながら見守る神孫子の姿が、ミトの心にも不思議なくらいはっきりと浮かんだ。

「渚さん……」

名を呼びながら、そのあたり一帯を歩いてみる。目を凝らし、霊を捜す。

見当たらない。渚は、ここにはいない。

「ミト君にも見えない？」

「はい……先生にも？」

「うん。僕にも見えない。やはりここにはいないのかもしれないね」

神孫子の声は寂しそうではあったがそれほど落胆した様子でもなかった。渚の霊が地上で見つからないとしたら、無事に天国に行ったということも考えられるからだろう。

（でも、先生やお兄さんをこんな状態のままでおいて、渚さんはホントに未練なく行けたのかな……？）

直接彼のことを知らないミトだったが、そう考えるとなんとなく違和感があるのだ。

「先生、俺もうちょっと捜してみますね。渚さん自身がいなくても渚さんの思いとか気配とかが残ってると、俺たちってそれに共感できるんです」

「共感？　死んだ人の気持ちがわかるということ？」

「そうです、いろいろわかるんですよ。その人が大事にしてた思い出とか、どんなことを考えてたかとか。俺たち亡くなった人に寄り添うのがお役目なので」

任せて、と拳で胸を叩き、ミトは広い採石場跡を丁寧に回り出す。ミトと渚は容姿も似ているし考え方も共通点が多そうな気がする。きっと共感しやすいに違いない。

（渚さんと同じことをしてみよう……）

ミトはしゃがんで猫の石を探すことにした。

真剣な顔で石を探していたという渚。何か猫神様に叶えてほしい願いがあったのだろうか。

振り向く。神孫子がミトを見ている。庭石にでも使えそうな大きな石に腰を下ろして、微笑みながら見守ってくれている。頷き返して、ミトはまた石を探し出す。

（俺だったら、何をお願いするかな……）

今叶えてほしい願いは神孫子のことだ。神孫子がもう悲しい思いをしなくてすむように、猫神様に頼みたい。

（猫神様、お願いしますっ）

半分埋もれている変わった形の石を見つけて手を伸ばしたとき……。

——先生が……。

誰かの声が聞こえた。いや声ではない。思いのようなものだ。それが唐突に、そしてやや強引にミトの中に流れこんでくる。

（えっ？　何これ……っ）

これまでも、死者の残された思念に触れ共感したことは何度もあった。けれどこんなにいきなり、乗っ取られるように入ってこられるのは初めてだ。

――先生が、喜んでくれますように……。

――先生の願いが叶いますように……。

指先が石に触れた瞬間、ミトはその強い思念に完全に引きこまれ、誰かの大切な思い出の中にいた。

*

「神孫子先生！」

前を歩いて行く長身の背に駆け寄り、小林渚は軽く袖を引く。ゼミの講師・神孫子真一が振り向いてニコッと笑いかけてくれる。彼のその顔が渚は大好きだ。きっとこの笑顔は間違いなく、自分にだけ向けられる特別なものだから。

「渚君、おはよう。今日も元気そうだね」

「元気ですよ。先生、俺昨日国会図書館ですごく興味深い文献見つけたんです。室町時代の極楽浄土を描いた絵巻物なんですけど、なんとその片隅にうさぎが描かれてたんです！　お迎えうさぎかどうかはわからないんですけど、もしそうだったらすごいなって」

「本当かいっ？　それは新発見だ！　だとすると僕たちが考えているよりもっと前の時代からお迎えうさぎが目撃されていたという可能性が出てくるね。うさぎに関する記載がある文献で現在確認されている最古のものは……」

神孫子は瞳を輝かせて滔々《とうとう》と語り始める。そうやってお迎えうさぎのことを話すときの彼はまるで少年に帰ったようだ。

渚は胸をときめかせながら止まらない神孫子の話に聞き入る。興奮してくると彼は渚が隣にいることすら忘れてしまったように、一人で語りまくる。それでもいい。渚は彼が嬉しそうにしているのを見るのが、何よりも好きだからだ。

渚自身も、もちろんお迎えうさぎは好きだ。不吉とされているうさぎのその本当の役割は何なのか、どうして体中ボロボロなのか興味はある。知りたいと思う。

でも知りたい本当の理由は自分が、というよりも、神孫子が知りたがっているからだ。

少年の頃お迎えうさぎを見たという話を神孫子が打ち明けてくれたときは嬉しかった。とても悲しい話だったけれど、それを自分に話してくれたことに感激した。

おそらく神孫子が誰かにその話をしたのは、初めてだったのではないだろうか。彼のゼミに入って、しつこくくっついて回ってもう二年、やっとここまで近くなれた。

(先生のために、俺は絶対お迎えうさぎを見つける)

渚は決めていた。お迎えうさぎは不吉なものではないと考えている彼のためにそれを証明して、心の負担を軽くしてやりたいのだ。

(先生に喜んでほしい。先生に、心から笑ってほしい)

それが、渚の唯一の願いだった。

神孫子と初めて言葉を交わしたのは一年生の春、大学の裏庭の桜の木の前だった。何十年も前にそこで首をつった学生がいたといういわくつきの誰も近づかないその木を、神孫子はじっと見つめていた。

神孫子のことは学内でたまに見かけていた。類まれな美しい容姿が目立ちまくっていたというのもあるが、彼がその背にキラキラしたティンカー・ベルみたいな妖精をいつもまといつかせているのに目を引かれたからだ。

渚には強い霊感があった。人間の霊はもちろん、たまに精霊のようなものも見えたりした。生まれたときからそうなので渚としてはそれが普通だったのだが、他人からするとまったく普通ではなかった。『見える』と口にすると変に特別視されたり距離を置かれたりすることを十八年の人生で学んできたので、普段はその能力を神経質なくらい隠していた。

キャンパス内を歩いていてたまに霊を連れている者は見かけたが、妖精は初めてだった。これまで見てきた印象だと妖精に好かれるのはとても純粋で、どこかもろいものを抱えている繊細な人間が多かった。いつも飄々《ひょうひょう》として悩みもなさそうに笑んでいるが、きっと彼もそうなのだろうと思った。

それから神孫子を観察するようになった。神孫子はいつも一人だった。そして耳に入ってくる彼の評判はお世辞にもいいとは言えないものばかりだった。

――ド変人。

――うさぎオタク。

――残念すぎる無駄なイケメン。

そういった自分への評価を知らないのか、知っていても気にしないのか、彼はいつもニコニコと微笑んでいた。それはまるで春の日差しのような温かな笑顔だった。

その日、桜の下に立つ彼に思い切って話しかけてみたのは、周りに人がいなかったということもあるが、渚も一人だったからだ。渚も、神孫子と同じように孤独だった。役にも立たない特別な能力がある限り一生一人かもしれず、別にそれでもいいと思っていた。

周囲から変人と見なされている神孫子に一方的に親近感を覚えていたので勇気が出た。『何を考えてるのかわからない』『ちょっと不気味』などとさんざんに言われている、学内一浮いた存在の講師に声をかけることができた。

「神孫子先生、何見てるんですか?」

「うん。あそこにね、先週までいたんだよね」

渚のほうを振り向きもせず桜の木を指した神孫子が何を言いたいのかすぐにわかり、渚はハッと彼を見上げる。渚ももちろん気づいていた。その木の下に苦しげな顔をした女性の霊がたたずんでいたことを。

木の下に目を戻す。確かに、今はいなくなっている。

「もしや……先生にも見えてたんですか？」

思わず聞いてしまうと、神孫子は初めて渚の顔を見た。溜め息が出るほど整った美貌がほんのりと微笑む。

「ああ、君にも見えていたの？　僕はそれほどはっきりとは見えないのでぼんやりとした影を感じるだけだったんだけれど、なんだか少し悲しそうだったから気になってね。いなくなったからよかったと思って」

「そ、そうですね。俺も前通るたびに気になってたので」

「今はもう悲しくないといいね。あのままじゃあまりにもつらいから」

『よかった』と言ったのは不気味な霊が消えてくれてよかった、ではなく、その霊にとってよかったということだったらしい。

「先生は、見える体質って嫌だなって思ったことないですか？　こんな能力なければよかったのに、とか」

渚は、なければよかった。これまでもう数え切れないほどそう思ってきた。肩にストーカー女性の生霊《いきりょう》がベッタリくっついていようが、まったく何も感じていない兄がうらやましかった。この能力さえなければ、もっと明るい『普通の人』の人生があったのではと思っていた。

だから、わかり合えると思った。きっと彼は答えてくれる。『もちろん、そんなこと毎日思ってるよ』と。

けれど相手の答えは渚の予想を裏切った。

「いやいや、むしろあってよかったと思っているよ。だって、人より広い世界を見られるっていうのは幸運なことじゃないかな」

そう言って彼は笑った。もう散ってしまった桜の花がまた開いたような笑顔だった。

「世界はたくさんの不思議に満ちているね。君もそう思わない？　僕たちは幸せ者だよ」

自分の目に見える世界をそんなふうに捉《とら》えたことはなかった。彼にひっついている妖精の羽のようにキラキラしているその瞳を見上げながら、渚はこの人と一緒にいたいと思った。この人といれば、もしかしたら自分を好きになれるかもしれない。毎日が楽しくなるかもしれないと思った。

まだゼミを決めていなかった渚は、迷わず神孫子ゼミに入った。就職に有利でもない特殊な分野のゼミは、講師が変人ということもあって人気がなく、やる気のない学生が多かったが、渚は真面目に勉強しようと決めた。神孫子にたくさんのことを教わり、話し相手として認めてもらいたかった。

空き時間にはほとんど神孫子と一緒にいた。研究の手伝いもして、フィールドワークにも志願してくっついて行った。乗ってくると早口になる神孫子の話は時に専門的で難しかったが、わかるようになるまで勉強した。

神孫子はしょっちゅうまとわりついてくる渚をうっとうしいと邪魔にしたりはしなかった。渚がどんな変なものを見たと言っても信じて受け入れ、いつ研究室に押しかけても笑顔で迎えコーヒーをいれてくれた。

神孫子はゼミの学生たちを『僕のゼミの子』というひとくくりで把握し、個人個人に興味を持とうとはしなかった。そのため最初はなかなか名前を覚えてもらえなかったが、いつしか『小林君』から『渚君』に昇格した。渚を初めて名前で呼んだ神孫子が『これからそう呼んでもいいかな』と照れて頭をかいたときには、嬉しくて涙が出そうになった。

神孫子にとって自分以外の人間は『他人』というくくりだったけれど、渚だけはそこから抜けて少し近くなれた。神孫子と出会って渚は孤独ではなくなった。そしてそれはきっと、神孫子にとっても同じだった。ただ神孫子の場合は、彼自身が孤独だということに気づいてはいなかっただろうけれど。

神孫子といると楽しかった。お迎えうさぎや心霊の話しかしなくとも、笑顔の彼を見ているだけで嬉しかった。その気持ちはいつしか、講師に寄せる尊敬とか憧れとか、同志的な友情とか共感とか、そういうものではなくなっていた。

渚は、神孫子を好きになっていた。一人の恋の相手として、いつのまにか神孫子のことを深く深く想うようになっていた。


「先生は、恋人っていますか？」

昼下がりの研究室。次回のゼミの資料を作っている二人のほかに人はいない。

清水《きよみず》の舞台から飛び降りる気持ちで渚が聞いたとき、神孫子はキョトンと目を丸くした。

何を言われたのかわからないという顔だった。

「うん？　僕に？」

あまりびっくりした顔をされたのであわててしまい、

「あっ、すいません、変なこと聞いちゃって！　女の子たちからよく聞かれたりするんで……」

と言い訳した。

嘘ではない。多少変人でもあれだけ美形なら全然ＯＫと神孫子を狙い、仲のいい渚に神孫子に関して探りを入れてくる子は何人もいる。もっとも当の本人は自分がそんなにモテているとはまったく気づいていないだろう。

「いるわけないいじゃないか。過去現在、未来に至るまで、そういう人ができる予定はないですよ」

神孫子はアハハとおかしそうに笑った。

「えっ、ど、どうしてですか？　先生はすごくかっこいいし、モテると思うし、その気になればすぐにでも素敵な彼女さんができると思いますけど」

わざと『彼女さん』と言ってみた。同時に胸がチクッと痛んだ。

「う～ん、自分という人間が人格的に問題があるというのは、一応これでも自覚しているんだよね。今風に言うと、そう、コミュ障かな？」

意外だった。彼本人は気づいていないのかと思っていた。

「なかなか他人とのコミュニケーションがうまくできなくてね。そもそも、うまくやろうという気がないのもいけないんだけれど。僕は一人でお迎えうさぎや心霊やありもしない噂話を相手にしながら、誰にも気を遣わず気ままに暮らしていくのが性《しょう》に合っている気がするよ」

そう言って明るく笑う顔に寂しさが欠片もない分だけ、渚のほうが寂しい気持ちになった。

でも本当を言うと、同じくらい嬉しくもあった。

（先生は、誰のものにもならないんだ……）

神孫子がずっとひとりぼっちかもしれないのに嬉しい気持ちになるなんて、と渚はわずかに自己嫌悪を覚える。

「渚君は？　いい人はいるの？」

いきなり聞かれ、「えっ！」と大きな声を出してしまった。

まさか聞き返されるとは思わなかった。神孫子は人とプライベートな会話をしない。相手に何か質問されても、自分も気を遣って聞き返したりすることは一切ない。だから会話はいつもぶつ切りになりすぐ終わってしまう。

もしも神孫子が聞いてくるとしたら、それは本当に知りたい場合だけなのだが……。

ポカンと見返していると、神孫子は見るからにうろたえた。

「あ、ああ、いやっ、いきなりぶしつけなことを聞いてしまったよね。答えたくなかったらもちろんいいんだ、ごめんね」

どうやら彼自身も、聞き返してしまったことに驚いている様子だ。

「い、いえっ、先に聞いたのは俺なんで。えっと、いませんよ、恋人。でも……」

ためらってから「今、すごく好きな人がいます」と渚は思い切って言った。伝わってしまうはずがないのに神孫子の顔を見られない。

「そう。それはいいね」

心から嬉しそうな明るい声が届いて、少しだけ複雑な気持ちになった。

「渚君にいつかできる恋人が、君のすべてを受け入れて理解してくれる人だといいね。君がいつも安心して笑っていられるように」

どんな顔で言っているのか、見なくてもわかった。きっと神孫子はいつものように、ニコニコと温かい微笑みを向けてくれているのだ。

渚の好きな相手が自分だなんてまったく想像もしていないどころか、渚が誰かと幸せになるようにと本心から祈ってくれている。渚に恋人ができて自分から離れていったらまた一人になってしまうなんてこと、彼は考えようともしない。

考えるのは渚だ。神孫子が自分のことを考えない分だけ、渚が彼のことを考える。

(先生を一人にさせない。先生を絶対、寂しくさせない。先生自身が寂しくないって思っても本当は寂しいこと、俺は知ってるから)

自分勝手な思いかもしれない。神孫子にはむしろいい迷惑かもしれない。

でも、そばにいる。好きになってもらえなくとも構わない。どうせ男同士だ。恋愛対象として見てもらえないことはわかっている。

けれど、そばにいる。ただの助手で十分だから、ずっと神孫子のそばにいる。

「俺まだまだこのままでいいです。今がすごく楽しいんで」

渚は神孫子に笑い返す。その笑顔が少し無理をしていることに、神孫子は絶対に気づかない。彼はそれでいい。気づかなくていい。

「このまま先生のお手伝いさせてください。せめてお迎えうさぎを見つけるまで」

がんばりますと拳を握る渚に、神孫子はアハハと笑う。

「ありがとう。でも君は最近少しがんばりすぎだよ。今日はもうこのくらいにして、気晴らしに猫の石でも探しに行こうか。今から行くときっと夕陽も綺麗だよ」

「はいっ、行きたいです！」

　渚は大きく頷いた。


　神孫子と出かけるフィールドワークは、渚にとってはいつも至福の時間だ。特に採石場跡は大好きな場所で、神孫子にせがんで何度も連れて来てもらっていた。

　ゴロゴロした石が無数に転がっているだけの殺風景な場所だし、都市伝説に加えるには根拠がなさすぎる研究価値のない所ではあったが、人気もなく静かなその場所にいるとなんだか落ち着いた。切り立った石壁が遺跡のようで、滅亡した世界に神孫子とたった二人で残されたような、そんな気分にもなれた。

　沈んでいく西陽を浴びながら、渚は早速石を探し始める。猫の顔の形をした石だ。これまでも似たような形の石をいくつか見つけたけれど、猫神様は出て来てくれなかった。きっともっとちゃんとした顔の形でないと駄目なのだろう。

「渚君、今日は見つけられるかな」

　定席の大きな石に座って神孫子が聞いてくる。

「絶対見つけますよ」

「もし見つかったら、渚君は猫神様に何をお願いするの？」

「それは……内緒です。先生、そこで待っててくださいね！」

待っていてほしい。そこで、見ていてほしい。

渚は振り向く。神孫子はいてくれる。いつもの笑顔で渚を見守ってくれている。

(待ってて……見つけるから)

見つけたら、お願いすること。前はこう思っていた。

──先生も俺を好きになってくれますように。

でも、今は違う。いつからかこうなった。

──先生が、心から笑えるようになりますように。

お迎えうさぎを見つけて、彼がずっと抱えている悲しみがなくなるように。そしてその後も、ずっとずっと笑っていられるように。

渚の願いはそれだけだ。

自分の想いは届かなくていい。気づいてもらえなくていい。好きになれたことだけで大きな喜びだ。好きという気持ちだけでかけがえのない宝物をもらえたのだ。

だからもう、ありがとうしかない。そこにいてくれることしか彼には求めない。そこで彼が笑ってくれているだけで、渚は何でもできる。

自分のすべてを彼のために使おう。大好きな人のために使おう。それで彼が安らかに微笑んでいてくれるなら、きっと自分も同じように笑っていられるに違いないから。

（先生、待ってて……俺絶対、見つけますから……っ）

渚の指は忙《せわ》しなく石をかき分ける。指先が擦り切れて血が出ようとも、手を止めるつもりはない。どんなに痛くても笑っていよう。彼に気づかれてしまわないように。

振り返った。神孫子はちゃんと、そこにいてくれる。笑顔で手を振ってくれている。渚も笑顔で手を振り返す。笑顔に秘めた切なさを、彼は気づかなくていい。

本当に大好きだ、と思ったらふいに胸が引き絞られて、瞳が急に熱くなる。好きという気持ちが高まりすぎて飲みこまれそうになる。

（早く、探さなきゃ……）

手は石を取っては放る。何度も、何度も、何度も……。

――早く……早く……早く……。

＊

「ミト君……ミト君っ！」

強く肩を揺さぶられて、別次元に飛んでいた意識がフリーフォールのように戻って来る。

声が出ない。体と心が自分のものだという感覚がまだない。内に残された小林渚の想いがミトを支配していて、出て行ってくれない。

「ミト君、どうしたの！　大丈夫かいっ？」

「せ、先生……」

ミトの両肩を摑んで心配そうにのぞきこんでくる神孫子に答えようと口を開くが、掠《かす》れ声しか出てくれない。代わりに目からポロポロと涙がこぼれ落ちる。

——先生が好き……。

——先生に笑っていてほしい……。

そんな渚の強い想いがミトの中に残ってしまっていて胸が苦しい。切なくてどうしようもない。

こんなに深く、遺《のこ》された思念と共感してしまったのは初めてだ。まるで過去に引っ張りこまれたように、ミトは渚となって彼の思い出を追体験させられた。そして知った。誰から聞くよりも明確に、渚が考えていたことをすべて。

「ミト君、何か言って。どこか痛い？　一体何が起きたんだいっ？」

言葉を失いただ涙を落とすミトを前に、神孫子はひどくうろたえている。

「先生……好き、だったんです……っ」

やっと声が迸《ほとばし》り出た。「えっ？」と神孫子が目を見開く。

「渚さんは、先生のことがすごく、すごく好きだったんです！」

まるで渚の霊が取りついているような感覚だった。目の前の人を愛《いと》しいと思う気持ちを抑えられない。まるでミト自身が神孫子を愛してしまったかのように。

「先生に届かなくてもいいって、渚さん思ってました。ど、同性だから、そんなふうに見てもらえないの当然だからって。でも、渚さんそれでも、好きだったんです！」

言葉が止まらない。渚に代わって、自分が彼の切ない想いを伝えずにはいられない。

「渚さんは、自分の想いが報われることなんか考えてなかった……。いつも先生のことだけを思ってました。先生の願いが叶いますように……先生が笑ってますようにって、それだけ……！」

神孫子は絶句し、唖然とミトを見返している。微かに震える唇が開かれるが声は出ない。

「先生、ホントなんです！　俺、渚さんの気持ち、自分のものみたいに感じたんです！　渚さんホントに先生のことが特別で、大好きで……！」

「ミト君……」

神孫子が痛みに耐えるように顔を歪めたとき、

「いい加減なこと言うんじゃねぇよ！」

怒りに満ちた声が割りこんだ。いつのまにか現れた小林が、手にしていた花束をその場に叩きつける。

「おまえ、何適当なこと言ってんだ！　どうしておまえにそんなことがわかるんだよ！」

花を持っていたところを見ると二人をつけてきたわけではないのだろう。おそらく渚を偲《しの》ぶために偶然やってきて、今のミトの話を聞いてしまったのだ。

怒りに燃えた目でミトを睨みつける小林から守るように、神孫子が彼の前に立ちふさがる。

「小林君……来ていたのか」

「はっ？　来ていたのか、だと？　来ていたよ、月に一度はな。あんたは初めてだろ。渚が死んでから一年間、一度も来なかったよなっ！」

激しい怒りが今度は神孫子に向けられる。

「渚はな、しょっちゅうここに来てた。石を探すんだっつってな。あんたと一緒じゃなくても、一人で来てたんだよ。どうせあんたが言ったんだろ？　ろくでもないその石を探して来いって！　渚の霊感を使って見つけ出させてあんたの研究成果にしようとしてたんだろ？」

「いや、それは違……」

「うるせぇ！　渚は必死だったぞ。なぁ、あんたどうやってあいつを洗脳したんだ？　そのすかした面《つら》でたぶらかしてたのかっ？」

「お兄さん、違いますっ！　渚さんは先生の力になりたいって心から思ってたんです！」

我慢できなくなったミトが叫んで前に出ようとする。神孫子の腕がそれを押し留める。

「ミト君、彼とは僕が話すから」

「先生に命令されてやってたわけじゃありません！　渚さんは石を探すのが嬉しかったんです！　先生の役に立てるかもしれないから……っ！」

「だからっ！　どうしてそんなことがおまえにわかるんだ！」

「そ、それは……っ」

「ミト君、いいからっ」

いつも優しい神孫子に強い口調で言われ、ミトはハッと見上げる。大丈夫だから下がって、と目で語りかけられて、ミトは口をつぐみおとなしく数歩退いた。ミトに頷いてから、神孫子はいきり立つ小林に向き直った。

「小林君、そこまで渚君をがんばらせてしまった責任は、確かに僕にある」

「先生！」

「そうかよ、じゃ認めるんだな、渚を限界までこき使ってたことを！」

「渚君が僕のために無理を押してまでがんばってくれていたことに、僕は……気づけなかった。ずっと、そばにいたのに」

神孫子の眉がつらそうに寄せられる。彼が抱えている後悔がその苦痛に満ちた表情に刻まれている。

「僕がもっと注意して彼を見ていれば気づいたはずなんだ。彼を止めることができたのは僕だけだったと思う。もう一度、彼のいた頃に戻れるなら……」

懺悔《ざんげ》のような言葉を遮るように小林の拳が神孫子の頬を打った。神孫子は石壁に背中から激突する。

「先生！　お兄さん、やめてください！」

ミトは倒れた神孫子に駆け寄り抱き起こす。唇の端が切れ、血がにじんでいる。およそ暴力的なこととは無縁で、殴ったことも殴られたこともないだろう神孫子が、ミトを制してふらつく足で立ち上がった。

「もう一度？　ふざけたこと言ってんじゃねぇ！　戻れるなら俺も戻りてぇよ！　戻って、何が何でも渚とおまえを引き離してやる！」

怒りに燃えていながら、神孫子を睨む小林の目は胸が痛くなるほど悲痛だ。神孫子もきっとそれをわかっている。だから立ち上がり、気のすむまで彼に殴らせようと前に出たのだろう。

「崖から飛び降りたとき、あいつがどんな気持ちだったかおまえ考えたことあるかよ！　ねぇだろうな、新しい助手を雇ってご機嫌で暮らしてやがるんだから！　俺はな、毎日考えてるよ。渚のヤツどんなに虚《むな》しかっただろうって！」

神孫子はひと言も反論しようとせず、小林の言葉の刃を甘んじて受けている。当然の罰を受け入れるかのように。

「やめて！　もう殴らないで！」

再び拳を振り上げる小林と神孫子の間に、ミトが強引に両腕を広げて割りこんだ。

「お兄さんのそんな姿、渚さん見てるのつらいと思う！　お兄さんも先生も二人ともつらい！　俺それわかってるから……もう、やめてほしいです！」

止まっていた涙がまたこぼれた。渚の霊がこの場にいても、きっと同じように泣いていただろう。

小林は苦しげに顔を歪め、拳を下ろした。

「いいか神孫子、俺は絶対あんたを許さねぇ。あんたは俺の一番大事なものを奪った。いつかあんたにも同じ思いを味わわせてやるからな！」

吐き捨てるように言って小林は背を向け、転がった花束を踏みつけて去って行く。淡いピンクの花びらがそこにいない人の涙のように風に舞い、はらはらとちらばった。

「先生、大丈夫ですか？　痛い？」

赤く腫《は》れた頬に冷たいタオルを当ててやると、神孫子は痛そうに眉を寄せたがすぐに微笑んで見せた。

「や、大丈夫だよ。小林君も少し手加減してくれたんじゃないかな」

ミトにはそうは見えなかった。きっとしばらくは美しい顔に見るからに痛々しい痣《あざ》が残るだろう。

帰りの車の中でも帰宅してからも、神孫子は口数が少なかった。ミトが話しかけるといつもの笑みを返してくれるが、ずっと深刻な顔で何か考えこんでいる。記憶の底を探っているようなその瞳は悲しげで、うかつに声をかけるのもためらわれた。

（渚さんとのことを思い出してるんだよね……）

もしかしたら余計なことをしてしまったのではないだろうか。そんな後悔が湧き上がる。

ミトが渚の想いを伝えてしまったことで、神孫子の悲しみがより深まったように見えるのだ。けれど、それでも伝えずにはいられなかった。そうしなければ渚に共鳴したミトの心が破裂してしまいそうなほど、それは強い想いだったのだ。今もまだ、彼の気持ちが自分の中に留まっている気がする。

「ミト君」

頬に触れていたミトの手を神孫子がそっと取った。

「これはひどいな……君の手にも、傷がいっぱいついているじゃないか」

「あ……」

見ると確かに新しい傷が増えている。霊を送り出すときほどではないが、思念と共感するのにもある程度パワーを消費する。しかも今日の場合は明らかに普通の共感の数倍のエネルギーを使った。せっかく神孫子に補ってもらったパワーを一気に使い切ってしまった感じだ。

「俺は全然大丈夫です」

手を引っこめて笑顔を見せるが、神孫子は首を横に振りミトを抱き寄せた。

「大丈夫じゃないよね。かなり疲れただろう？　今日は本当に、いろいろあったから」

ふわりと抱いてもらっただけで伝わってくるぬくもりの心地よさに目を閉じそうになるけれど、自分だけが満たされるわけにはいかないというようなおかしな気持ちになってくる。

（なんだか渚さんに、申し訳ないような……）

俯いて体を硬くしていると、

「ミト君、今夜は一緒に寝ようか」

と言われて、「えっ？」と思わず顔を見上げてしまった。

「パワーを補充してあげたいし……僕も、そばにいてほしいんだ。君に、話を聞いてほしい。駄目かな？」

「だ、駄目じゃないですっ」

ミトはぶんぶんと首を振った。

「俺も今夜は先生といたいです。俺は先生にパワー分けてあげられないけど、今夜は先生のこと一人にしたくないから」

渚と心を重ね合わせたことで、ミトは会ったこともない彼から願いを託されたような気持ちになっていた。神孫子が心からの笑顔を見せてくれるまで、渚の代わりに自分がそばにいて見守りたい。

「ありがとう。ミト君は優しいな」

そう言って笑った神孫子の顔はまだどこか力がなく、ミトの胸も悲しみ色に染まる。

ミトはいつものようにうさぎの体に戻ると、神孫子が敷いてくれた布団に行儀よくもぐりこんだ。

お迎えうさぎは人間のように睡眠を取る必要はないのだが、神孫子と暮らすようになってからはミトも彼のライフスタイルに合わせていた。夜は神孫子が用意してくれたミト用の小さなベッドで寝ていたのだが、神孫子の布団のほうがほかほかとして気持ちがいい。

神孫子が隣に入ってくるとなんだか胸がドキドキしてきた。今までのように単純に『嬉しい』というだけではない甘く切ないような感情は、もしかしたら渚の想いがまだ残っているせいかもしれなかった。

背中からくるむように抱き締められると、カラカラに干上《ひあ》がっていた体の中に水を注がれるような心地になった。

「ミト君……今日君はもしかして、渚君の霊と会って話ができたの？　石を探している途中で急に動きを止めてしまったように見えたけど」

神孫子が静かな声で尋ねてくる。神孫子から触れてこなければもうそのことは話さないほうがいいのかとも思っていたが、彼もやはり気にしていたようだ。

「いいえ、渚さんの霊はあそこにはいなかったです。でも想いが残っていて、俺それに共感できたんです。それで、渚さんの大事な思い出を俺も見て来ました」

「どんな思い出だったのか、僕に聞かせてくれるかな」

今日一日でごっそり毛が抜けてしまったところを丁寧に撫でてくれながら、神孫子が穏やかに問いかける。

「でも、先生……それ聞いたら、先生もっと悲しくなったりしませんか？　だったら俺……」

「大丈夫、知りたいんだ」

迷いのない声が届いた。

「以前の僕だったらこんなふうには思わなかっただろうね。渚君が毎日何を考えていたのか、知りたいと思ったことも知ろうとしたこともなかったんだから。ひどいだろう？」

「そんな……っ」

「だけど今は……や、本当は彼がいなくなった一年前からずっと、後悔していた。彼ともっとちゃんと話をして、小林渚君という人がどんな人なのか知っておけばよかったってね。だから、教えてほしいんだ」

一年という月日がたってしまったけれど、神孫子はやっと今渚と向き合おうとしているのかもしれない。

ミトは今日渚と共鳴して見てきたこと、感じたことを丁寧に神孫子に伝えた。神孫子はミトの体を労わりながら終わりまで黙って聞いていた。

「俺あのとき、先生に呼ばれるまでは完全に渚さんに同化してた感じで……先生がどう思うかとか考えないで、渚さんの気持ちそのまま伝えちゃいました。黙ってられなくて……」

「うん……」

抑揚のない声で相槌《あいづち》を打つ神孫子が何を思っているのか、ミトにはわからない。ミトがわかるのは霊の気持ちだけだから。もっと、神孫子の気持ちがわかるようになりたい。

「だから、お兄さんは誤解してるってはっきり言えたんです。渚さんはいつだって先生のことを思って、先生のためにってがんばってたから」

ほうっと深く息を吐く気配がした。ミトを抱く手に力がこめられる。

「誤解、とばかりもいえないかもしれない……」

重い声が届いた。

「えっ……？」

「ミト君の言ったように、渚君は僕の研究に献身的に協力してくれていた。特にお迎えうさぎに関しては熱心で、僕も把握していなかったような資料を探し出してきてくれたし、一人でうさぎの痕跡を追ってフィールドワークにも出かけていたようだった。それを僕は彼が亡くなったときに小林君から聞かされて初めて知ったんだ。ずっとそばにいたのに、初めてね」

独白のように語る声には明らかに痛みが混じっている。

「今思えば確かに、彼はたまに顔色が悪かったり、寝不足らしくめまいでふらついていたりしたことがあった。でも本人がいつも大丈夫と、先生は心配しすぎだと笑っていたから、僕はそれを信用してしまったんだ。挙句の果てに彼がそれほどがんばるのは研究熱心だからだと思っていたんだからね。呆《あき》れてしまうよ」

乾いた笑いが届く。神孫子には似合わない笑い方にミトの心は激しく疼く。

「そう思いこんでいたから、僕は彼にお迎えうさぎの話ばかりしていた。彼はいつだって嬉しそうに、熱心に聞いてくれていたよ。本当はほかに話したいことがあるだろうなんて考えようともしなかったんだ。僕はそういう、人の心に疎い無神経な人間なんだよね」

「先生、渚さんはそれでいいって思ってたんです」

たまらなくなって口を挟んだ。

「渚さんホントに嬉しかったと思います。先生が自分だけにそうやってお迎えうさぎの話してくれるのが。俺、わかるんです」

神孫子が笑ってくれるのが渚の喜びだった。だから二人でお迎えうさぎのことを話すひときは何よりも楽しい時間だったのだろうと、今のミトは確信を持って言える。

沈黙が落ちた。小さな明かりも点《つ》いていない夜の闇の中、互いのぬくもりだけが確かなものに感じられる。守りたい、優しいぬくもりだ。

「ミト君……君がいてくれて本当によかった」

静けさを破り、神孫子の声が届く。

「君がこうして渚君の気持ちを教えてくれなかったら、僕にはわからないままだった。君と偶然会えたのはもしかしたら彼が導いてくれたんじゃないかと、今はそんなふうにも思えるよ」

「先生……」

「この一年間、僕は表面上は普通にしていながらも、心のどこかがまったく機能していない状態だった。まるでそこだけ時間が止まってしまったように、同じことを繰り返し考え続けていたんだ。でもね、その部分が今日、少しだけ動き出したよ」

渚の本心を知らされ、神孫子の悲痛は深まったかもしれない。けれど、彼は今その悲しみに立ち向かおうとしている。声の調子からそれが伝わった。

「俺、少しは先生のお役に立てましたか？」

体に回された手に力がこめられ、ミトの鼓動は少しだけ速くなる。

「少しどころじゃない。君は渚君の言葉を僕に伝えてくれた。僕が一生知らないで終わったかもしれない大切な言葉を。そしてこれから、僕の言葉も彼に伝えてくれるかもしれない。そうだよね？」

「はい……っ」

ミトは長い耳を揺らして何度も頷く。

「先生、俺……思ったんです。俺がずっと捜してた人は、渚さんなんじゃないかって」

「それは、この地上で君のことを待っているという人？」

「そうです。なんとなく感じるんです。俺、渚さんを送って、先生と小林さんを助けるためにお迎えうさぎになったんじゃないかって。だから、渚さんともきっとあんなに共感できたんです」

今日のことでそれはほとんど確信に変わっていた。ミトは渚と、神孫子と、小林を救うためにここにいるのだ。

「だとしたら……」

微笑んだ気配の神孫子の声が優しく耳をくすぐる。

「君は本当に僕にとって、大切な運命のうさぎ君だったということなんだ。そうだよね？」

ミトは胸に回された神孫子の手に、自分のふわふわの手を重ねてぎゅっと握って応えた。今は何を言っても涙声になってしまいそうな気がしたから。

「ありがとう」

それだけで神孫子には伝わったようで、しっかりと手を握り返される。

（俺絶対に、渚さんを見つける……）

採石場跡で石を探す渚の後ろ姿が脳裏にぼんやりと浮かぶ。振り向いて神孫子に向かって手を振るその笑顔に誓いながら、心地よいぬくもりに包まれてミトは眠りに引きこまれていった。

＊

一体化するほど深く共鳴してしまうと、なかなか離れられなくなってしまうものなのだろうか。渚《なぎさ》の意識に共感してからというものミトは少々調子が狂っていた。

採石場跡に行ってからすでに一週間たつのに、渚の想《おも》いが抜けないようなのだ。具体的に言えば、神孫子《あびこ》のことを過剰に意識してしまうようになった。

神孫子に微笑《ほほえ》みかけられるとなんだか胸がドキドキしてくるしそわそわと落ち着かなくなるのに、そばにいないと不安になる。うさぎ体のときはそうでもないが人間体のときに髪を撫《な》でられたりすると、おかしいくらい頬《ほお》が熱くなってくる。何より神孫子の抱えている悲しみや彼の弱いところを知ってしまって、以前より寄り添いたい、守りたいという気持ちが強くなっている。

そして、変なのはどうやらミトだけではないようだった。神孫子も明らかに以前と変わった。以前はミトが人間体のときでも気軽に抱き寄せてパワーを分けてくれたりしたのに、この一週間は過度のスキンシップを避けている感じがある。それでいてたまにミトのことをじっと見つめては、目が合うとあわててそらしたり、彼のほうも大いに挙動不審だ。

(なんか俺と先生、お互いに意識し合ってるっぽい……？)

ふいに思ってしまってからふるふると首を振った。

ミトはお迎えうさぎだ。人間に恋なんかするはずがない。この気持ちは渚の気持ちだ。神孫子に対する渚の想いがミトの中にまだ残っているだけなのだ。

そしてもし仮に神孫子のほうもミトを意識しているとしたら、それは渚に似ているからだ。神孫子はこの一週間、渚ときちんと向き合おうとしている。渚のことをずっと考えているだろうし、ミトと渚の面影が重なってしまったりすることだってあるに違いない。

（先生は渚さんのこと……どう思ってたのかな……）

渚はまったく期待していないようだったが、神孫子の悲しみようを見る限りでは単なる親愛の情だったとも思えない。渚のためには神孫子も同じ気持ちだったならいいなと思いながら、なぜか少しだけ寂しい気もしてしまう。我ながらわけがわからない微妙な感情に、ミトはこのところ振り回されている。

（俺、ホントにどうしちゃったんだろ……？）

こんなこと誰にも相談できない。きっとリロイだって答えはわからないに違いない。

「ミト君、ほらそこ、足もと気をつけて！」

「わわっ！」

瓦礫《がれき》につまずき転びそうになったミトの両肩を、神孫子が後ろからしっかりと支えてくれた。

「危なかった～。先生、ありがとうです」

「いやいや、転ばなくてよかった」

至近距離で目が合った。神孫子はあわてた様子ですぐに視線をはずす。

「ぼ、ぼんやりしていると危ないよ。ちゃんと下を見てね」

「は、はい。ですね」

二人してどぎまぎしながら距離を取る。この一週間はずっとこんな調子だ。

「あの、先生、体調どうですか？　具合悪くないですか？」

妙な空気を変えようとミトが尋ねると、神孫子もいつもの笑顔に戻ってくれる。

「うん、もうすっかりいいよ。きっと風邪気味だったんだね」

採石場跡に行った翌日から二、三日、神孫子は微熱が続いた。少し疲れが溜《た》まっていたせいでたいしたことはないと本人は笑っていたが、ミトは心配でたまらなかった。体だけではなく、きっと心の疲れも響いたのだろう。渚の気持ちを知ってしまったり、小林《こばやし》に殴られたり、神孫子にとってはとにかく大変な一日だったのだから。

ミトのほうはたっぷり『充電』してもらって体調は万全に戻り、神孫子も平熱になったので、今日から早速渚捜しを再開した。家に二人でいるとどうにも間がもたず、意識しまくってしまうからという理由もあった。

二人は今、渚が亡くなる前に通っていたらしい、もとはモーテルだったという廃墟《はいきょ》に来ている。十年ほど前に閉鎖になったそこはまだそれほど朽ちた感じではないが、建物の壁はところどころ崩れ落ち中は見事に荒れ放題だ。見るからに不気味な雰囲気の場所だが夜になるとよからぬ若者たちがたむろするらしく、治安的な面で地元の人は近づかないようだった。

そして昼夜を問わず人が寄りつかない理由はもう一つある。

「先生、ここってホントに有名な心霊スポットなんですか？　何もいませんけど」

建物の周辺をひと通り見て回った後ミトは首を傾《かし》げた。部屋の中もくまなく回ってみたが、いかにもな雰囲気というだけで霊の気配はない。

「ミト君にも見えないか。実は僕も感じないんだよね、今は」

「今は？」

「一年半くらい前かな。渚君と一緒にフィールドワークで来たときは、確かにいたんだよ。さちこちゃんほどじゃないけどそれなりに濃い女性の霊がね。渚君もはっきりいると言っていた。そう、ちょうどあのあたりだったかな」

と、神孫子は建物の中央の凹形《おうがた》に引っこんだあたりを指す。中庭だったらしいそこは名残《なごり》の小さな噴水があるほかは、庭の形状を留《とど》めておらず廃棄家具などが積まれている。

一年半前には確かにいた女性の霊が、二度目に来たときにはいなくなっていたのだと神孫子は言う。不思議なことに、渚がこの場所にこだわり通い始めたのはそれ以後だったらしい。その理由を尋ねると渚はこう答えた。

――俺あそこですごいもの発見したんです！　確証摑《つか》んだら先生にも報告しますから。

瞳をキラキラさせ拳《こぶし》を握る彼は本当に嬉《うれ》しそうだったという。

「霊がいなくなったのに何がそんなに彼の興味をかき立てたのか、僕にもわからないんだよね。でも、あのときの渚君は本当に生き生きとしていたなぁ」

懐かしそうに目を細め、神孫子が微笑む。

(渚さん……いないな……)

女性の霊もだが、渚の霊もここにはいないようだ。思い残しがある場所に留まっているかもと期待していたのだがその姿は見えず、採石場跡のような思念も感じられない。

ミトはもう一度中庭だった場所に目を凝らした。

(あれ……?)

一瞬だけ、隅のほうで何かが光ったように見えた。気のせいだろうか。

「ミト君、そんなにがっかりしないで」

じっとしているミトが落ちこんでいると思ったのか、神孫子が髪をくしゃっと撫でてくれた。

「渚君の霊がいないのは、この場所での目的を終えていたからかもしれないね。もうここには未練がなかったのかも」

「ですね。でも渚さん、何見つけたんでしょう? そんなに喜んでたならきっとすごくいいものですよね」

ミトは腕を組み考えこむ。自分の中にまだ残っている渚に心を寄り添わせてみる。

渚は自分のことは二の次で神孫子を喜ばせることだけを考えていた。神孫子が喜ぶことといえば一つしかない。お迎えうさぎだ。

(そっか……女の人の霊がいなくなったのって、もしかしたら俺の仲間が送ってあげたからじゃないかな？）

右拳で左の手のひらをポンと叩《たた》いたミトを、神孫子は、ん？　という顔で見る。

「先生、渚さんは先生とは別に、自分でもお迎えうさぎのこと調べてたんですよね？　そういうの記録したものって、先生が預かったりしてませんか？」

「いや、残念ながら。渚君は結構秘密主義というか、びっくり箱的に僕を驚かせたいという遊び心のある人だったから、いつも持ち歩いてた手帳も僕にのぞかれないようにこそこそ見ていたよ。アナログ人間だからスマホやタブレットより手書きが好きなんだと言って、その手帳を愛用していたようだけど」

神孫子の驚く顔が見たかったのと、ぬか喜びさせたくないという気持ちの両方から隠していたんだろうな、とミトにはわかる。会ったこともない渚の気持ちが最近は不思議なくらい想像できるようになった。

「その手帳があれば、もしかしたら渚さんの行動がもっとわかるかもしれませんよね」

「うん。実は僕も以前一度小林君に頼んでみたことがあるんだ、手帳を捜してほしいと。渚君が調べてくれていたことはやはり僕が引き継ぐべきだと思ってね」

「それでっ？」

「激昂《げっこう》とともに一蹴されてしまった」

神孫子が苦笑で両手を広げ、ミトも「あ～」と額に手を当てる。あの小林が神孫子の頼みを聞いてくれるわけがない。

「彼とはもう一度話をしてみる必要があるとは考えてる。今は僕も逃げずに渚君と向き合いたいと思っていることを彼にも知ってほしいし。……こんなふうに思えるようになったのも、ミト君のおかげだね」

優しい微笑みを向けられてミトの胸は急にドキドキと高鳴り出す。最近神孫子の微笑が前よりも甘さを増したように感じられるのは、やはり渚の想いが干渉しているからか。

「そ、そんなことないですよ」

視線を泳がせ両手を振ると、

「いや、全部ミト君がいてくれたからだよ」

と、伸ばされた指が頬に触れてきた。その温かさが前は心地いいだけだったのに、今は心がぎゅっと締めつけられるような感じになる。そろそろと目を上げると、何か言いたげな瞳にじっと見下ろされていて心拍数がさらに上がった。

「ミト君……」

しっとりした眼差《まなざ》しを向け神孫子が口を開きかけたとき、キャラキャラと明るく笑う男女の声が届いて来て二人はパッと離れた。

若いカップルが楽しげにしゃべりながら近づいてくる。過去にテレビの心霊番組で取り上げられたスポットでもあるここには、まだたまに物好きな『観光客』が訪れるようだ。

カメラを構え廃墟のモーテルを撮りながらも、彼らの目的はどう見ても真面目な心霊研究ではなさそうだ。ミトと神孫子が見ているのにも構わずくっついてキスしたりしている。

今はいないからいいが、そんなだと霊を怒らせてしまうこともあるよ、と忠告してやりたいくらいだ。もっともあまりにもあっけらかんとした様《さま》に霊も呆《あき》れて引っこんでしまうかもしれないが。

「そろそろ日が落ちるね。暗くなるとこのへんは危ないから、今日は帰ろうか」

このままここにいてラブラブなカップルを眺めているのも確かに気まずい。渚の霊どころか何の痕跡も見つけられなかったのは心残りだが、ミトも頷《うなず》き身を翻す神孫子に並んだ。

「ミト君が疲れていなければ、歩いて駅まで行ってみようか。今日は雲一つない晴れの日だからきっと星が綺麗《きれい》に見えるよ」

「いいですね！」

ミトは声を弾ませる。来るときに乗ったバスは本数が少なく一時間に一本くらいだったし、歩いて駅まで行き電車で帰ったほうが早いかもしれない距離だ。それに、たまには神孫子と並んで知らない町を歩いてみたかった。

ゼミのフィールドワークでは学生たちも一緒だし、二人でのんびり歩くという機会はこれまでありそうでなかったことに気づく。家ではいつも顔を合わせている神孫子も、こうして外で改めて見るととても新鮮で素敵だ。

ぼうっと見惚《みと》れていると、神孫子が「はい」と何か差し出してきた。あわてて受け取ったそれは、神孫子と初めて会ったときにもらったチョコバーだった。

「今日はお昼ご飯も食べていないからお腹《なか》が空《す》いただろう？」

「わっ、ありがとうございます。先生のは？」

「僕のもちゃんとあるよ」

自分の分もポケットから取り出して、神孫子は上紙をむき始める。ミトもそれにならう。パクッとかじったバーは最初にもらって食べたものよりも甘い味がした。

しばらく無言でバーをかじりながら歩く。ゆるやかに続くつづら折りの田舎道に、沈みゆく夕陽《ゆうひ》が二人の影を長くのばす。

「ミト君たちお迎えうさぎは、人間のように恋愛はするの？」

いきなり聞かれ、食べかけのバーを喉《のど》に詰まらせそうになった。

「えっ、えっ、恋愛っ？」

思わず見上げた神孫子は照れたように笑っている。

「や、さっきの恋人たちを見ていて思ったんだ。君たち高次元の聖なる存在にもそういう感情があるのかな、と」

「いえ、俺たち恋愛っていうのはしないですよ。気がつくと月にお迎えうさぎとしていて、お役目のことを教えてもらってすぐに地上に降りる感じなんです。人みたいに、愛し合って子どもが生まれるっていうのはないんです」

説明しながら、では自分の今抱いているこの気持ちは何？　とミトは自問するが、動揺を気取《けど》られないように笑顔を作る。

「そうか。君たちは恋はしないんだね」

神孫子は少し考えこんでから、「僕も似たようなものだったんだよね」と言った。

「先生も……？」

「うん。恋愛という感情がなかったということ。二十九年間生きてきたけど、そういった意味で誰かを好きになったことがなかったんだよ。前も言ったかな。母のことで根強い人間不信があって、結局誰にも心を開けなかったんだな、僕は。そういうのはなかなか修正できないものだね」

いい大人なのに情けないよ、と神孫子は苦笑する。寂しい話をしているのに笑顔はいつものままなのがつらい。

「さっきのようなカップルを見ても、なんとも思わなかったんだよね、前は。自分には理解できないので異星人を見るような感覚だったかな。でもさっきは……少しだけ、わかるような気がしたんだよ」

「え……」

「一緒にいるのが楽しくて、周りが見えなくなって自然に笑ってしまう。そんな気持ちがね。

神孫子の声のトーンが落ち、微笑がどこか寂しげなものになる。

「……ねぇ、ミト君」

「渚君と共感したときの話を君から聞いて、思い出したんだ。恋人がいるのかと彼から聞かれたときのこと。どうして忘れていられたんだというくらい鮮明に」

この一週間一人で考えていたことを、神孫子がミトに打ち明けてくれるのは初めてだ。ミトは渚の想いを伝えたが、それについて神孫子がどう思っているのかはわからなかった。彼が傷ついているのではと思うと聞くこともできなかった。

ミトはただのお迎えうさぎだ。神孫子と渚の霊を会わせ、渚を安らかに送ってあげるのが役目だ。神孫子が過去の渚とのことをどう考えているのかは、自分は知らなくてもいいことだと思っていた。

でも、彼は今ミトにそれを話してくれようとしている。嬉しさがじんと胸に沁《し》み、ひと言も聞き漏らすまいとミトは耳を傾ける。

「君はどうなんだと聞き返したとき、自分でも驚いていた。どうしてそんな質問をしているんだって。恋人がいるかなんてとてもプライベートなことだし、他人が踏みこんでいい部分じゃないよね。相手だって不快な思いをするかもしれない」

そもそも先に聞いたのは渚のほうだしいまどき雑談でも普通にそんな質問はし合うと思うのだが、神孫子はそういったフランクな人間関係を築いてこなかったのだろう。コミュニケーション障害だと彼は言うけれど、もしかしたら人の何倍も他人を傷つけることを恐れるから、誰とも深いつき合いをしようとしなかったのかもしれない。

「でも、あのときは知りたいと思ったんだ。渚君に恋人がいるかどうか、気になったんだよ。誰かに対してあんなことを思ったのは初めてで、戸惑った。だって僕には何の関係もないことなんだからね」

当時の戸惑いを思い出したのか、神孫子は困ったように笑う。

「それで、彼に好きな人がいると聞かされたときは、聞き返したことを後悔した。おかしな話だ。要するに僕はその答えを聞いてショックを受けたんだよね。でも、渚君にとっては当然それは素晴らしいことだ。だから彼のために喜んだのも本当。ただ自分のショックの意味がわからなくて、当時は考えこんだよ」

ほうっと息を吐いて、神孫子は暗くなってきた空を見上げる。

「渚君が可愛《かわい》い彼女と一緒にいるところを想像してみて、ああ、きっと僕は寂しいんだろうと結論を出した。彼女ができたら渚君も忙しくなって、僕の研究につき合ってばかりもいられなくなるだろうからね。いったんは納得して大人気《おとなげ》ないなと苦笑したんだけれど……ミト君から彼の本当の気持ちを聞いて、やはり違うとわかったんだよね」

今さら遅すぎるけど、とつぶやく声には苦みが混じる。

「それじゃ……先生も、渚さんのことを……？」

「うん」

ためらわず神孫子ははっきりと頷いた。

「彼を大切に思っていたんだ。僕にとってかけがえのない人だった。そばにいるときには気づけなかったけれど」

わずかに眉が寄せられる。

「果たして僕の抱いていた想いが彼と同じように『恋愛』だったのかはわからないけれど……一緒にいるのが心地よかった。話していて楽しかったし、ずっとこのままでいたいという気持ちだった。彼が誰かのものになってしまうのが嫌だという思いも確かにあった。単なる友情とも師弟愛とも違う独占欲は、明らかに特別なものだったと思うよ」

切々と語られる神孫子の本心がミトの心に沁みていく。自分の中に留まっている渚が喜んでいるように感じて、瞳が熱くなってくる。

（渚さん、よかったね……）

神孫子の言葉をすぐにでも渚に伝えたい。今、どこかにいるだろう彼に。

「ただね、もしも彼が生前僕に想いを告白して、僕も自分の気持ちに気づいたとしても、受け入れられなかったと思うんだ」

つらそうに口にした神孫子を、「えっ、どうして？」とミトは驚いて見上げる。

「僕は臆病な人間だから、きっと怖気《おじけ》づいただろうな。渚君の恋の相手として自分がふさわしいかなんて、考えるまでもなくわかることだしね。同性同士というだけでかなりのハードルな上に、僕は学内でも有名な変人だ。しかも互いに同じ気持ちだと知ってもどうしたらいいのかわからない恋愛初心者。渚君にはもっといい相手が見つかるだろうと、自分の気持ちには気づかないふりをしたと思う」

その悲痛な表情を見れば神孫子がそんな自分を情けない男だと思っていることは伝わってきたが、そうではないとミトは思った。彼の場合、相手のことを思いやる気持ちが強いから、自分の痛みを恐れず身を引いてしまうのだろう。

「渚君は僕がどういう人間だか知っていたから、あえて告白しようとは思わなかったのかもしれない。僕が彼の想いを受け入れ、どんな障害があろうと彼を守って幸せにしてみせると断言できるような包容力のある男だったら……彼は今でも僕の隣にいてくれただろうか」

神孫子が深刻な顔で足を止めた。

「せ、先生……?」

「ミト君……この一週間、いや、一年間ずっと考えてたんだけれど、僕はまだ答えを出せないでいる。君から彼の気持ちを聞いて、さらにわからなくなった。つまり僕が知りたいのは……小林君の言うように、渚君は自分の意思で飛び降りたんじゃないかということなんだ」

胸を切り裂くような言葉に激しい痛みを感じ、ミトは思わず隣の手を握った。いつもはぬくもりをくれるその手が今は驚くほど冷たい。

「先生、そんなこと考えないで」

「僕に想われたいと一生懸命尽くしても報われなくて、一人で想うことに疲れてしまって……彼は、もう終わりにしたいと思ったんだろうか？」

心の奥に突き刺さっていた本当の後悔を神孫子は今、口にしていた。おそらく彼は小林に責められてからずっと考えていたのだろう。渚が自分のせいで自殺したのではないかと。いくら悶々《もんもん》と悩んでも、痛みにのた打ち回ってもその答えは出なかった。渚はもういないのだから。

「いいえ、そうじゃないですよ、先生」

けれど、ミトは答えられる。渚から直接聞いたわけではないけれど、彼の気持ちを自分のもののようによくわかっているミトだからこそ断言できる。

「自殺じゃありません。渚さんは先生に悲しい思いをさせるようなことはしません。猫の石を探しながら渚さんが願ってたのは、先生が心から笑えるようにっていうことです。だから、絶対違います」

冷え切った手をぎゅっと握ってミトは力説する。

「自分が急にいなくなれば先生が悲しむことは渚さんにもわかってたはず。でもそうなってしまったのは、きっと渚さん自身も予想しなかったことが起きたから。つまり、事故だったんです。先生のせいじゃありません」

「ミト君……」

「俺、絶対それ証明してみせますから。先生のためにも渚さんのためにも、それとお兄さんのためにもです」

感情が高ぶってきて、熱くなった目からポロリと涙がこぼれ落ちる。心の奥底にずっとしまいこみ彼自身を責め続けていた悩みから、神孫子を救ってあげたい気持ちでいっぱいになる。

瞳を見開きミトを見つめていた神孫子が手を伸ばし頬に触れ、ひと粒落ちてしまった涙をぬぐう。微笑んだその顔からは悲痛な色は消えていた。

「ミト君ありがとう、本当に」

引き寄せられ、そっと抱かれる。背中をポンポンと叩かれてだんだんと気持ちが落ち着いてくる。

「なぜだろう、君の言うことなら素直に信じられるよ。君はいつも僕を救ってくれるね」

優しい言葉が胸に響き、ミトの心も癒《いや》されていく。そうっと手を伸ばして神孫子の背に回してみた。温かく、安心できて、そしてとても愛《いと》しくなる。

「君と出会えたおかげで僕は勇気を持てた。目をそらしていたことと向き合えて、前に進むことができた。それとね、ほかにもたくさん君に感謝したいことがあるよ」

神孫子がミトの両肩に手を置き、潤んだ瞳をのぞきこんでくる。

「ミト君が人間じゃなくお迎えうさぎという存在だからかな。誰にも話せないようなことをごまかさず打ち明けられた。君は僕の話を聞いてくれて、僕という弱い人間をそのまま受け入れてくれた。もしも君と会えずに一人のままだったら、今も出口のない苦しみの中で虚《むな》しさを抱え続けていたと思う」

「先生……」

「渚君に対しての自分の気持ちに気づけたのも、ミト君のおかげなんだよ。君が彼と似ているというのもあるけれど、君といることで渚君が隣にいてくれたときの楽しかった日々を思い出せたんだ。この一週間はたまに君が彼と重なってしまうときまであって、なんというか、過剰に意識するようになってしまって困ったけどね」

「そ、それはあの、俺もです……」

神孫子とミトは何とも気まずげに顔を見合わせてから、二人で一緒にハハッと笑った。

「このところ僕たちは少しぎこちなかったよね。一体どうしてしまったんだと自分でもうろたえながら考えていて、一つの明確な結論に達したんだけど……聞いてくれるかな？」

包みこむような眼差しが向けられ、ミトは胸をときめかせながら「はい」と頷く。

「うん、まぁ、つまりこういうこと。僕のミト君に対しての気持ちは明らかに普通の友情や親愛の情じゃない。もっと特別な存在として、君にそばにいてほしい。渚君のように突然いなくなったりしないでほしいんだ」

さっきまでの渚の話が今は自分の話に変わり、ミトの中に甘い混乱が湧き起こる。

「あ、あの、先生が俺のことそういうふうに感じてくれるのって、俺に渚さんを重ねてるから、ですよね……？　それとも、俺がお迎えうさぎだから？」

神孫子は困ったように笑って首を振った。

「どちらも違うよ。君を渚君とダブらせてるわけでも、お迎えうさぎだから大切にしたいわけでもなくて、今ここにいるミト君のことが大事なんだ。これはどうも、渚君を大事に思っていたのと同じ気持ちみたいなんだよね」

「せ、先生……それってもしかして、俺のこと……？」

確認しようとする声が掠《かす》れてしまう。驚きに見開かれたミトの目を見て勘違いしたのか、神孫子はあわてたように手を振った。

「あーいやいや、お迎えうさぎの君にとってはこんなことを言われても迷惑だというのはわかっているんだ。と、とにかく僕はお礼が言いたかった。君がそばにいてくれたから僕は渚君に対する気持ちを思い出せたし、それが愛しいという感情だと自覚することもできた。君がそれを教えてくれたんだよ」

照れたような神孫子の微笑みを見て、抑えつけ否定しようとしてきたミトの想いも一気に弾《はじ》ける。

お迎えうさぎに恋愛という感情はないはず。それはさっき神孫子に言ったとおりだ。だから神孫子を意識してしまうこの感情は渚のものなんだと思おうとしていた。

（でも、やっぱり違うよ！）

この想いはミトのものだ。きっかけは渚と共感したことかもしれないけれど、今神孫子を好きなのはミトだ。だから、神孫子も渚を好きなのかと考えたときに、嬉しいだけでなく少しだけ寂しく感じてしまったりしたのだ。

胸がいっぱいになって言葉を失っているミトが困り果てていると思ったのだろう。神孫子は申し訳なさそうに眉を下げる。

「ああ、ごめんねミト君。もしかして困らせてしまったよね？　君を大切に想っているのは本当だけれど、君が人間ではなくお迎えうさぎなんだということもちゃんとわかっているから。ただ渚君を見つけるまでは、これまでどおりそばにいて僕を助けてくれるかな？」

「そんなの当たり前です！」

力をこめて答える声は震えてしまっていた。お迎えうさぎは常に冷静で感情を乱してはならないと教えられてきたが、そんなのは到底無理だ。

今自分をいっぱいに満たしているこの感情は何だろう。それはきっと大切な人に好きになってもらえる喜びだ。

「先生……」

ミトは感激でまた潤んでくる目をぬぐい、神孫子を見上げる。

「俺、先生のそばにいます！　それで、先生がちゃんと笑えるまでお助けします！　先生が迷惑だって言ってもそうしますから！　だって……だって俺も、先生のこと……っ」

「見るに堪えない三文ラブシーンはそこまでにしてもらおうか」

いきなり割りこんだ冷ややかな声にミトはそれこそうさぎのように飛び上がった。もしやまた小林かとうろたえるがその声はもっと冷静かつ冷淡で、まぎれもなく聞き覚えがある声だった。まさかと思いながら恐る恐る振り向く。

「リ、リロイ……！」

今日も一分《いちぶ》の隙もない黒のモード系ファッションで決めた憧れの大先輩が、坂道の上で腕組みをして二人を睥睨《へいげい》している。眼鏡の奥のその瞳は凍りつきそうなほど冷めていて、ミトはぶるっと肩を震わせた。

「ミト君のお友だちかい？」

目の前に立っている青年がよもやレジェンドレベルのお迎えうさぎだとは思いもしないだろう神孫子が、キョトンとしながらのんきに聞いてくる。

「え、ええ、あのー、俺の上の人、みたいな」

「上の人……えっ？　じゃ、彼もお迎えうさぎ君なの？」

よく見ようとでもいうのか興奮気味に数歩前に出かけた神孫子の足も、「下がれ、人間」という絶対零度の声に止まってしまう。

おそらく今しがたの神孫子とのやり取りをすべて見られていたのだろう。今日のリロイはいつもよりさらに険しい顔をしている。

ミトは怖さも顧みず、神孫子を守るように前に出た。お迎えうさぎをたぶらかしたブラックリスト人物として、神孫子が生きたまま昇天させられてしまったら大変だ。果たしてそんなことができるのかは不明だが、リロイなら不可能ではない気がしてしまう。

「ミト」

「は、はいっ」

「約束は覚えているな?」

リロイは人差し指を上に向けた。ミトはハッと上空を仰ぐ。いつのまにか日は沈み、紫紺の空には月が浮かんでいる。冴《さ》え冴《ざ》えとした満月が。

「えっ、今日が満月っ?」

うっかりしていた。まだ少し先だろうと思っていたのに月日はあっという間に過ぎていたらしい。

「そういうことだ。さあ、このまま私と帰るぞ」

「ま、待ってくださいっ!」

次の満月まで、と確かに約束した。けれどまだ渚の件が終わっていない。渚の霊が見つかるか死の真相がはっきりするまで帰るわけにはいかない。

「リロイ、俺今すごく大切なお役目の途中なんです! それを放り出して途中で戻ることなんできません！」

　リロイが眉を寄せる。

「おまえは私との約束を破るのか？」

「ご、ごめんなさい、だけど聞いてください！　リロイには前言いましたよね？　俺が捜してあげなきゃいけない人の霊のこと。俺その人に会えるかもしれないんです！」

　ミトは必死で言い募る。リロイはさらに難しい顔になった。彼もミトがずっとその霊を捜して地上にい続けていることをよく知っているはずだが、上に立つ者としての立場もあるのだろう。首を横に振る。

「駄目だ。おまえはもう四ヶ月も月に戻っていない。本来なら三ヶ月に一度は必ず帰還し、全身のメンテナンスを受けることを義務づけられている。知らないとは言わせないぞ」

「体のことなら大丈夫です。このひと月だってパワー切れになったことなんか一度もありません。それどころかすごく調子いいんです！」

「その人間にパワーを補わせているからか」

　リロイの目に厳しさが増す。なんだか神孫子にパワーを補充してもらっている夜の様子まですべてリロイに見られていたように感じてしまい、ミトの頬は勝手に赤くなる。

「そ、そうです。神孫子先生が、協力してくれて……」

「協力というか、僕のほうからミト君にそうさせてほしいと頼んでいるんだよ、上司のうさぎ君」

神孫子が一歩前に出る。リロイの刺すような視線が向けられるが、神孫子は動じない。いつもの穏やかな微笑を浮かべたままだ。

「ミト君は僕のために、僕にゆかりの人の霊を捜してくれているんだ。彼が大切な役目を負っていることを知りながら、僕が無理を押してお願いしている。規律違反をしているとしてもミト君は何も悪くないので、そこのところははっきりさせておきたい」

「違っ……俺が渚さんを捜したいんです。先生に引き止められてるわけじゃありませんっ」

ミトはきっぱり言って、リロイに迷いのない目を向ける。

「それとリロイ、神孫子先生は危険人物なんかじゃありません！　なのでブラックリストからは消してほしいと思います！　人権侵害です！」

「何だと？」

ブラックリストはリロイよりもっと上位の、月常駐のえらいうさぎたちが作ったものだ。それに文句をつけるなど普通なら許されない。

ブラックリスト？　と自分を指差し苦笑する神孫子にはとりあえず後で説明するとして、ミトは決然と一歩前に出る。

「俺このひと月ずっと先生と一緒にいて、いろいろ話聞きました。先生は不吉だって思われてるお迎えうさぎのイメージを変えたいって思ってくれてて、それで俺たちのことを調べてるだけなんです。捕まえて解剖するとか、そんなこと絶対ありません！」

「解剖っ？」

しないしないと隣で神孫子が大あわてで手を振る。

「先生はすごくいい人です！　優しくてあったかくて、おいしいご飯を作ってくれて俺のことすごく大事にしてくれて……い、今は俺の、だ、だ、大好きな人なんですっ！」

神孫子のほうを見ずにミトははっきりと告げる。さっきリロイに邪魔されなかったら本人に言っていた言葉だ。

ミトの勢いに気圧されたのか口を挟まず聞いていたリロイは、思い切り顔をしかめてからはぁぁと深い溜め息をついた。

「たいした危険人物ではないか。おまえのことをそれほど惑わしているんだからな」

「ま、惑わすとかじゃなくて、俺が勝手に好きになっただけなんですってっ」

「とにかく、議論は無用だ。おまえはこれから私と月に帰る」

「リロイ！」

「その男、神孫子真一《しんいち》について誤解があったらしいことは私から上に報告しておく。だがそれとおまえが帰還すべきこととは関係ない。規律は守られなければならない」

月で一番厳しいレジェンドうさぎは眼鏡を押し上げながらきっぱりと言い放つ。

「そんな……っ」

強制的に連れ帰られてしまうのではと不安になり、神孫子の腕をぎゅっと掴むとグイと強い力で肩を抱かれた。思わず見上げた神孫子の顔は平静だ。最初にミトと出会ったときのようにテンションをむやみに上げたりもせず、落ち着きはらって頼もしく見える。

「リロイ君」

「気安く呼ぶな、人間」

「ミト君が月に帰らなければいけない理由は主に体のメンテナンス、つまりパワーを充塡《じゅうてん》するためだと考えていいのかな？」

「それが何だ」

「だったら問題ない。彼のパワーはこれまでどおり、僕が補充しよう」

当然のように言い切った神孫子を、リロイは軽く睨《にら》みつけるように見つめる。

「このひと月もそれで特に問題はないようだったし、彼の体調は僕がちゃんと見ながら無理をさせないと約束するよ。彼が地上にいてくれる間はトラブルにも巻きこまれないようにしっかりと守る。だからもうしばらく、せめて次の満月まで地上にいることを許してもらえないかな？」

「先生っ」

神孫子の手が大丈夫だというようにミトの肩をポンポンと叩く。

「これまでずっと地上に残って捜してきた人の霊を、ここにきてミト君はやっと見つけられ

るかもしれないんだ。今、月に帰ってしまうと、おそらくしばらくは戻って来られないんだろう？」

「当然だ。ミトは長く地上に留まりすぎた」

「そうするとミト君が戻って来てくれるまで、僕の知人の霊は昇天できずに苦しみ続けることになるよね。もしかしたらその間に恐ろしい怨霊《おんりょう》になってしまうかもしれない。そういった可能性を予測していながら、任務を途中で放棄させるというのはありなのかな？」

もしもどこかでさまよっていたとしても、渚は怨霊にはならないだろう。けれど渚がどんな人物か知らないリロイは、その可能性に思い至ったのか思い切り顔をしかめる。怨霊と化した霊を送るのは危険を伴うし普通の霊の数倍のパワーを使うからだ。

「もちろん、そんなこと許されるわけないですよね？　俺たちはつらい思いをしている霊をすみやかに送ってあげるのがお役目なんですから。ね、リロイっ？」

ミトが駄目押しすると、常にクールな表情を崩さない大先輩は珍しく天を仰いだ。聞こえよがしに舌打ちし、鋭い目を神孫子に向ける。

「神孫子真一。確認するが、おまえはこれからもミトのパワーをすべて補うというのだな？」

「そのつもりだよ」

「地上に長くいればいるほど消費するパワーも増えていくことは知っているか」

「えっ、そうなんですかっ？」

「ああ、それは本当だったんだね」

ミトと神孫子の声が重なり、ミトはびっくりして神孫子を見る。お迎えうさぎのミトが知らなかったことを、神孫子はちゃんと知っていたらしい。

「昔の文献に書いてあったんだ。そのためにお迎えうさぎは長くは地上にいられず、定期的に牛車《ぎっしゃ》が迎えに来るのだと。一応この国では、僕がお迎えうさぎ研究の第一人者だと自負しているからね。そのくらいのことは知っている」

他に研究している人もいないだろうけど、と神孫子は笑う。

「大丈夫、ミト君がパワー切れで消えてしまうようなことは絶対にないよ。僕がそうさせない。何しろ彼はもう僕の大切な人だ。命がけで守って見せるから、もう少しここにいさせてあげてほしい」

「先生……」

威圧的なオーラを放つリロイと対峙《たいじ》しても一歩も引かず、いつになくきっぱりとした口調で言い切る神孫子をミトはぼうっと見上げる。

ミトにしょっちゅうパワーを分けるのは面倒な作業だろうに、神孫子は自らそれをしてくれるという。渚のこともあるだろうけれど、自分ともっと一緒にいたいと思ってくれているからかもと思うと、胸が嬉しさで熱くなってくる。

「リロイ、お願いします！　次の満月までには俺絶対渚さんを見つけますから！　このままもう少し先生のところにいさせてください！」

腰を九十度折って頭を下げるミトに重い嘆息が届いた。

「仕方あるまい。縄をつけて連れ帰るわけにもいかないだろう」

厳しい先輩は忌々《いまいま》しげにつぶやく。

「リロイ！　ありがとう！　ありがとうございます！」

ぱぁっと輝く笑顔になるミトからムッとした顔で目をそらし、リロイは神孫子を見る。

「さっき言ったことを必ず守れるか、神孫子真一」

「もちろん！　ありがとうリロイ君。ミト君は大切にお預かりするよ。そして次の満月までにはちゃんと無事にお返しする」

リロイは不機嫌そうな顔を崩さず頷くと、「ミト」と指をクイクイと折ってミトだけを呼ぶ。

ミトが近づくと美しい顔を耳に寄せてきた。

「おまえ、よもやあの男に人間のような恋心など抱いていないだろうな？」

「えっ！　そ、それはその～……」

ずばりと聞かれミトはうろたえる。答えずとも真っ赤になってしまってはおっしゃるとおりですと白状しているようなものだ。リロイはさらに深い溜め息を聞かせる。

「忘れるな。おまえはお迎えうさぎだ。どうあっても神孫子とは別れることになるのだから、常にそのつもりでいろ」

冷ややかに見えてもその奥に心配そうな色をにじませているリロイの瞳を見てしまい、ミトの胸はじんと温まる。

「は、はい……わかってます」

ミトはぎゅっと唇を噛《か》み頷いた。

渚を送ったら神孫子はきっと笑顔を取り戻せる。ミトの役目はそこまでだ。

(そのときは先生に、笑ってさよならを言わなくちゃ……)

まだ先になるそのときのことを想像しややしんみりとするミトを、リロイが突き飛ばすようにして神孫子のほうへ押す。

「次の満月までに帰還しなければ、また迎えに来る」

お迎えうさぎのレジェンドは最後に告げ背を向けると、フッと闇に溶けこむように一瞬で姿を消した。

「ミト君」

神孫子がミトの腕を取り引き寄せる。

「先生、ありがとうございます!」

「いや、僕のほうこそだよ。残ってくれてありがとう」

軽く抱き締められ、少しだけ兆《きざ》した寂しい気持ちが消えて行く。嬉しくて見上げた瞳には見たこともない甘さが宿っていて、ミトの胸はときめき出す。

「僕を大好きだと言ってくれたことも嬉しかったよ。だけど、まだとても信じられない。もう一度聞いていいかな。あれは本当？」

「ホ、ホントです。俺うさぎなのに……人間じゃないのに変ですよね？　だけど俺のこの気持ちって、先生や渚さんと同じものだって気がするんです」

頬がどんどん熱くなってくるのを感じるが、言葉が止まらない。

「リロイに聞いたら違うって言われるかもしれないけど、でも俺は違わないって信じてます。だから、先生にも信じてほしいです！　だって俺ホントに、先生のこと好き……っ」

途切れてしまったのは唇にいきなりやわらかく温かいものが触れてきたからだ。

（えっ？　これ……）

神孫子の顔がすぐ間近にあって、ミトはとっさに目を閉じる。先ほどモーテル跡で見たお熱いカップルが頭に浮かぶ。

（キス……？　キス、だよね……？）

頭がぽわぽわしてきて全身が甘さで包まれる。好きな人間の男の人と幸せなキスをする日が来るなんて、まったく想像もしていなかった。

愛しい人と唇を合わせている時間は、すごく短いようにも長いようにも感じられた。

神孫子が離れ、至近距離でミトを見つめて照れたように笑った瞬間、信じられないくらいの嬉しさがこみ上げてまた瞳が潤んできた。

「ああ、どうしよう。嬉しすぎて、とんでもないことをしてしまった。でも、ミト君と恋人みたいにキスをしたくなったんだ。許してくれる？」

「はいっ、俺も恋人みたいに先生とキスしたいです。そばにいられる間、何度もしたいですっ」

次の満月までの短い間だけれど、神孫子と人間の恋人同士のように過ごしたい。最後は別れることになるにしても互いを大切に想い合いながらそばにいた日々は、それからの自分たちにとってかけがえのない宝物になるに違いない。

神孫子も同じ気持ちでいてくれるのだろう。ちょっと切なげに微笑んでから、もう一度ミトに唇を寄せてきた。ミトも顎《あご》を上げて目を閉じる。

（渚さん、ごめんなさい……）

心の中で謝ったけれど、なんとなく渚は許してくれそうな気がした。彼がどこかで見ていたらきっと、神孫子とミトが幸せなキスをしているのを喜んでくれるのではないか。虫がいいかもしれないけれど、そんな気がした。

＊

次の満月までと期限を切られたため、ミトと神孫子は講義の合間を縫って渚捜しを続けた。

渚が興味を持ち通っていた場所や、神孫子と二人で出かけた思い出のある場所を回ってみたが、渚の霊を見つけることはできなかった。

一つの場所に行くたびに、神孫子は渚とのエピソードをミトに話してくれた。彼自身も忘れていたような過去の記憶が思い出の場所で改めてよみがえったりもしたようで、収穫はなくとも渚との記憶が増えたと喜んでいた。話を聞くことでミトも渚を深く知り、ますます彼を身近に感じることができた。

今の神孫子はミトのことが好きだと言ってくれているし、ミトも神孫子が好きだけれど、なぜか渚も入れて三人で好き合っているような、そんな不思議な感覚になっていた。

渚捜しの途中でさまよっている霊を見つけると、ミトが送ってあげた。リロイが言っていたとおり以前よりも少しパワーの減りが早くなっているようで、一回のお役目でミトのうさぎの体はハゲハゲだらけになってしまったが、毎晩神孫子が丁寧に撫でてくれてすぐにもと通りになった。その日あったことを話しながら互いの体温を感じ合うそのひとときは、二人にとってとても大切な時間だった。

(俺がもし人間だったら、先生ともっと、キス、以外のこともしたかな……)

たまにそんなことを考えてしまい一人で真っ赤になるたびに、ミトはあわてて首を振り打ち消した。さすがにそれは渚の許可をもらわないといけない気がしたし、それ以前にもしもっと強い絆《きずな》を結んでしまったら今以上に別れ難くなってしまうのはわかりきっていた。

とにかく二人はたまに恋人同士のキスをしながら、出かけては渚を捜したくさん話をし、帰宅してからは触れ合い労《いた》わり合いながらまた話をした。それはとても平穏で楽しい日々だったけれど、焦りは少しずつ積もっていった。

もしかして、渚はもう地上にはいないのではないだろうか。すでに天に昇って行ってしまったのでは……。

そんな疑問も湧いてくる。本当にそうならそれにこしたことはないのだが、ミトには根拠のない確信があった。

（先生の心からの笑顔を見られるまでは、渚さんはきっと地上に残ってる）

それは、渚と深く共感したミトだからこそ持てる確信だった。

本当はあと一ヶ所だけ、渚の霊がいる可能性が高い場所があった。神孫子の心にかなりの負担がかかるとわかっているのでそこはあえて避けていたのだが、そうも言っていられなくなりそうだ。

それをどう神孫子に切り出そうかと悩んでいるうちに月日は過ぎて、次の満月まであと十日となったとき、神孫子が倒れた。講義と論文作成、加えて連日の渚捜しで疲労が限界まで達していたようだ。

「先生、具合どうですか？」

かいがいしく看病するミトに布団に横たわった神孫子は笑いかける。

「ああ、大丈夫だよ。だいぶよくなった。ミト君の看病のおかげだね」

差し出された体温計を見ると、高かった熱は今は微熱に下がっている。ミトはホッとする。

「よかったー。でももうちょっと無理しないで寝ててくださいね。明日は講義もない日だし、一日ゆっくりして」

「いやいや、もう平気だから。明日は予定通り小林君を捜してみよう。手帳のことを確かめないとね」

採石場跡で会ってから、小林の姿は見ていない。渚が記録をつけていた手帳のことを聞きたいのだが、小林がどこでどんな仕事をしているのか、そして渚と暮らしていた家の住所もわからない状況ではほとんどお手上げだった。結局採石場跡に何度も足を運んだり、彼のほうから現れてくれるのを期待して渚にゆかりの場所を見て回ったりするしかなかったのだが……。

「僕がもっと渚君とプライベートなことを話していれば、小林君のこともある程度わかっただろうにね。まったく情けない。しかも大事なときに体調を崩すなんて」

眉を寄せ深く溜め息をつく神孫子の髪をミトは優しく撫でる。いつも自分がそうしてもらうと落ち着くからだ。

「先生、焦らなくても大丈夫ですよ。俺、なんか感じるんですよね。満月までにはきっと渚さん見つけられるって。だから先生は、今は早くよくなることだけ考えてください」

俺に任せてと両拳を握ると、神孫子はいつもの笑みを向けてくれた。

「ああ、そうするよ。ミト君に心配をかけちゃいけないよね。でも君も無理しないで」

「俺は元気率二百％です。先生にいつもパワーもらってますから。とにかく今夜はゆっくり休んでくださいね」

お休みなさい、と手でそっと神孫子の目を覆った。ほどなく静かな寝息が届いてくる。医師に処方してもらった薬が効いているようだ。

神孫子がぐっすり寝入っているのを見届け、ミトはそっとその場を離れる。万が一にも神孫子が目覚めてしまったときのことも考えて、すぐ帰るから心配いらない旨の書き置きをして外に出た。

行き先は二十日前に神孫子と行ったモーテル跡だ。これまで回った場所ではそこに一番何かありそうな気がしていた。自分の中に留まっている渚があの中庭にこだわっているような、そんな感じがするのだ。

何度も通っていたということは、渚はきっとあそこで何かを見たか、見つけたのだろう。以前はいたという女性の霊を天に送ったかもしれない、お迎えうさぎの痕跡を。

（もう一度行ってみたい）

できれば夜に、と思っていた。昼間よりも月が出ている夜のほうが霊力が強まるので、目に見えないものが見える可能性も増すのだ。

神孫子を安心させるために大丈夫だと言ったが、正直ミトは少々焦り始めていた。

（これ以上期限を延ばしてもらうわけにもいかないし、なんとかあと十日以内に渚さんを見つけないと……）

かといって疲れている神孫子にもう無理をさせるわけにはいかない。一度行った所だし、一人でもなんとかなると思い決断したのだった。

ちょうど間に合った最終バスに乗り、ミトはモーテル跡を再び訪れた。

昼間来たときとは打って変わって不気味な雰囲気だ。日の光の下ではただの積み上がった瓦礫が、夜の闇の中では何か不気味な生き物でもひそんでいるように見えてくる。もっともお迎えうさぎであるミトには人間のような恐怖心はなく、目的の場所へと足早にまっすぐ向かう。

あの日、何かが光ったように見えた中庭へ。

「う〜ん……やっぱいないよね……」

月の光に包まれたそこはシンと静まり返っていた。見たところ、前回来たときから変化はない。季節が春から初夏に変わったので、雑草の背が伸びて立派な草むらになりかけているくらいだ。

女性の霊も、もちろん渚の霊もいないそこがやはりどうしても気になって、ミトはぐるぐると歩き回る。雑草、積まれたテーブルと椅子、コンクリートの欠片《かけら》、雑草、捨てられたビールの空《あ》き缶、雑草……。

「んっ？」

グラビアアイドルが表紙のボロボロになった雑誌の下に、周囲の雑草とは少し違う色の草が見えた。雑誌をどけた下から現れた細長いつぼみを見て、ミトは目を大きく見開いた。

「この花……っ」

間違いない。慎ましやかな銀白色のつぼみは、お迎えうさぎが霊を送った場所に咲く百合の花だ。

ミトは手を伸ばし、まだしっかり閉じている花びらに触れる。その瞬間、心の中にあまりにも鮮明に映像が浮かんできてうろたえた。

咲いている百合の花に触れているのは渚だ。スマホで写真を撮って、手帳に何か書きつけている。

——また咲いてた……っ。

弾んだ声で渚はつぶやく。

——前も、その前も、霊がいなくなった所に、この花が……。

浮き立つ渚の気持ちが、採石場跡のとき同様ミトの心に迫ってくる。

——先生に教えたい！

——先生はきっと喜んでくれる！

そのときの渚の嬉しさが手に取るように伝わってきて、胸がいっぱいになったミトはつぼみから手を離した。

（女の人の霊を仲間が送ってあげたとき咲いた花を、渚さんが見つけたんだ。それがまた、今年もここに咲いた……）

その場所にわずかに残っていた渚の喜びの感情が、前回来たときミトの目に光って見えたのだろう。もしかしたら渚はお迎えうさぎの目撃談を追ってほかの心霊スポットを回っていたとき、この花に気づいたのかもしれない。そして、花がうさぎと何か関係があると直感した。

「手帳が見たいな……」

彼が持っていた手帳にはそのあたりの詳しいことが書いてあるに違いない。おそらく渚が最後に行った、山中の崖のことも……。

とにかく今夜は戻り、明日は一人で小林を捜そうと決め中庭から出たとき、声高《こわだか》なしゃべり声や笑い声とともに荒っぽい足音が近づいて来た。六～七人の見るからに柄の悪そうな若い男の集団だ。コンビニやファストフード店の袋を大量に持っているところを見ると、これからここでパーティーでもするつもりなのだろうか。

霊がいるのならこの場所はやめたほうがいいと忠告もするが今はもうただの廃墟だし、関わり合いになると面倒事に巻きこまれそうな気がした。そうっと暗闇にまぎれて足音を忍ばせ遠ざかろうとしたとき、瓦礫につまずいてスッテンと転んでしまう。

「痛～っ！」

声まで上げてしまってはもう隠れようがない。うさぎの姿に戻って逃げればよかったと後悔してももう遅い。笑っていた男たちの顔が一変し、一斉にミトのほうを向く。

「何だおまえ、勝手に入って来てんじゃねーよっ」

腰をさすりながら立ち上がり、よろよろと逃げようとした腕を掴まれてしまった。一番体が大きく強そうな男が凄味《すごみ》を利かせてくる。

「トシさん何すか？　もしや女子っすか？」

「おっ、なかなか可愛くねーか？　ラッキ～」

一人がライトのようなものをまともに向けてきて、ミトは「や、やめてくださいっ」と顔をそむける。

「んだよ、野郎かよ。まぎらわしい」

「ボクちゃん、こんなとこで何してるの～？　ママに叱られるわよ」

「どうせ心霊オタクのガキだろ。おい、ここは今俺らのシマなんだよ。勝手に入ったなら見物料よこせ」

ミトの腕を掴んでいる大男がニヤついた顔を近づけてくる。

まったく、人間というのはときに怨霊よりも厄介《やっかい》だ。お迎えうさぎだからといって特別な攻撃魔法を使えるわけでもなく、ミトは非力だ。ここでうさぎ本体になれば、彼らからは見えなくなるので振り切って逃げることもできる。だが人間の前で変身するのは規律違反になり、怒ったリロイに月に強制送還されてしまうかもしれない。

「い、いくらあげればいいですか？　俺、今お財布に千円しか持ってなくて……」

いつも神孫子と一緒なのでミトは現金を持ち歩かない。ごつい男に仁王のような顔で睨まれ、ミトは首をすくめた。

「おまえ舐《な》めてんのか？　そんなガキのこづかいで済むと思ってんのかよ、ああ？」

「トシさん、もっと持ってるに決まってますよ。おい、バッグ取り上げろ」

後ろにいた男が周りの連中に顎をしゃくる。わらわらと四方から手が伸び、絶体絶命のミトが体を縮めたとき……。

「痛《いて》ぇっ！」

突然叫んだリーダーの男が顔を押さえてミトから飛び退《の》いた。

「トシさんっ？　うおっ、何だっ？」

闇を切って飛んできた何かが周りの男たちにも次々と命中し、皆あちこち押さえながらばらけてうずくまる。チャンスと駆け出したミトの耳に聞き覚えのある声が届いた。

「おいこっちだ！　早くしろ！」

「あっ、お兄さんっ！」

「俺はおまえの兄貴じゃねぇ！　とっとと乗れ！」

バイクにまたがった小林が放ったヘルメットを両手で受け取ってかぶり、ミトは後ろに飛び乗った。

「しっかり摑まってろ！」

言うや否やバイクは急発進し、ミトは振り落とされないように小林の腰にしっかとしがみつく。男たちが騒いでいる声はすぐに聞こえなくなった。

しばらくそのまま走ってから、小林は大型ホームセンターの駐車場にバイクを停《と》めた。夜とはいえまだ結構来店客がいるらしく駐車場は車でいっぱいだ。小林の大型バイクも目立たず、万が一さっきの連中が追いかけてきても見つからないだろう。

乗ったことはないがジェットコースターに十回連続で乗ったくらいヘロヘロになったミトは、ヘルメットをはずしてよろめきながらバイクから降りる。

「あの、助けてくれてありがとうございましたっ」

ペコリと頭を下げてから見上げた小林の顔は、相変わらず友好的とは到底言えないものだった。

「あそこは渚が気に入ってたらしい場所だからな。そこで弟似のおまえに何かあったら後味が悪いと思っただけだ」

「あの人たちに投げたの何ですか？　手裏剣ですか？　すごかったですっ」

「おまえアホだろ。ただの石だよ。中学・高校と野球部だったんだ。エースで四番だ」

「えっ、てことは丸刈りだったんですかっ？」

「だから何だっ。てか、おまえ一人か？　あいつはどうした。まさか、一人で行って来いって命令されたんじゃねぇだろうな？」

神孫子に不信感を持っている小林の目が険しさを増し、ミトはあわてて両手を振る。

「違います違います！　俺が内緒で一人で行ったんです。先生はこのこと知りません」

「一体何の用があったんだ。あそこに何かあるのか？」

「何かないかなと思って行ってみたんですけど……お兄……小林さんは？」

「俺はっ……俺も、何かないかと思って行ったんだよ」

小林は言いづらそうに顔をそむけた。

「あいつが通ってた所に、時間見つけて俺も行ってみてるんだ。生きてるときはろくに話聞いてやれなかったからな。俺は霊とかそういうのはまったく興味ねぇし」

「それじゃ渚さんが亡くなってから、一年もずっと……？」

「そのくらいしかしてやれることが思いつかねぇんだよ。俺は夜の仕事だからあいつとは起きてる時間が違ったし、あんまし構ってやれなかった罪滅ぼし的な意味で。今さら遅いけどな」

声には苦みが混じっていてミトの心はチクリと疼《うず》く。神孫子と同じように小林も消えない後悔を抱えている。一年間ずっと渚の面影を追い求め、突然いなくなったその理由を知りたいと彼の足跡をたどってしまうほどに。

（お兄さんのためにも、渚さんを捜さなきゃ……）

「小林さん、お願いです。渚さんがいつも持ち歩いてた手帳を俺に見せてくれませんか？」

思い切って申し出たミトに、小林は警戒するような色を浮かべる。

「神孫子に頼まれたのか」

「違います、俺が見たいんです。俺と先生、今渚さんの霊を捜してるんです。渚さんと会ってお話しできたらって思ってて」

警戒の表情が困惑に変わる。

「霊を捜す？　おまえやっぱ見えるヤツなのか」

「そうです。見えるだけじゃなくて俺、捜せます。渚さんのこと捜し出せると思います」

何か反論しようとしたのか小林は口を開きかけたが、ミトの真剣な瞳を見て言葉を飲みこんだ。

「俺思うんです。小林さんと先生が渚さんのことを思って苦しんでいるうちは、二人のことが大好きな渚さんは天国に行けないいんじゃないかって。だから俺、お二人のためにも渚さんを捜したいんです。皆さんがまた笑えるようになるために」

「そんな日は来ねぇよ。渚は神孫子に殺されたようなもんなんだ。神孫子も、渚を助けられなかった俺も、一生この苦しみを背負っていくしかねぇんだよ」

「俺、そうは思ってません。渚さんは自分で飛び降りたんじゃないって証明したいんです。それと先生も、今は変わりました」

「変わっただと？　渚を忘れようとして、しょっちゅう行ってた採石場跡にも寄りつかなかったあいつがか」

「そうです。前の先生は確かに渚さんが亡くなったことから目をそらしてたけど、今は違います。全部ちゃんと受け止めて、渚さんの気持ちと向き合おうとしてます。渚さんと会って謝って、もう大丈夫だって伝えたいって思ってるんです」

「今さら虫のいいこと言うんじゃねぇっ。渚が生きてたときは人間扱いしてなかったってことだろ？　大体あいつは人嫌いで有名なヤツなんだからっ」

「人嫌いっていうのとは違うんです。先生はほかの人とどうつき合ったらいいのかわからなかっただけなんです。でも渚さんがいてくれたから、先生にもわかったんですよ。誰かと大切な関係を作ることで毎日がホントに楽しくなるって。俺思うんですけど、渚さんもそうだったんじゃないでしょうか」

ひとりぼっち同士が寄り添って、ふたりぼっちになった。周囲から見ればたいしたことではないかもしれないけれど、当人たちにとってはそれだけですべてが変わった。ひとりぼっちで見る景色と、ふたりぼっちで見るそれとは全然違うことを、二人は知ったのだと思う。

「渚さんも自分の能力のせいで周りの人とうまくやれなくて、悩んでたことあったと思うんです。だけど先生と会ってから、やっぱり変わったんじゃないのかな。笑える時間が多くなったんじゃないのかな……」

採石場跡で渚と共感したときに感じた、彼の浮き立つ気持ちがよみがえってくる。神孫子と一緒にフィールドワークに出かける日々が、渚は本当に楽しかったはずだ。

「俺その頃の渚さんを知らないけど、そばにいた小林さんは誰よりもわかってたんじゃないですか？　渚さんの一番近くにいて、いつも見守ってたんですから」

ミトから目をそらしたまま、小林は反論せずに話を聞いていた。チッと舌打ちしながらもその顔は切なげで、ミトの指摘を認めているのがわかった。孤独だった弟が明るく笑うようになって、きっと彼も嬉しかったのだろう。

「おまえの言う、その手帳のことだけどな」

しばし黙りこんでから、小林は言いづらそうに口を開いた。

「渚が死んだすぐ後に神孫子にも一度聞かれた。そのときは渚のことより研究のことかと思って頭にきて追い返したけど、俺も後から気になって捜してみたんだ。でも、どこにもなかった」

「なかったんですかっ？」

「ああ。あいつの部屋を隅から隅まで捜したけどな。そりゃそうだろ。いつも持ち歩いてたものなら最後のときにも持ってただろうし、落ちたとき下の渓流に流されちまったんだと思う。手帳もスマホも、あいつが使ってたバッグごとなくなってたからな」

「そうですか……」

ミトはがっくりと肩を落とす。渚が亡くなる間際にどんな行動を取っていたのか、何を考えていたのかのヒントがその手帳にあるのではと期待していたのだが……。

「けど……」

小林がためらいながら言葉を継いだ。

「手帳とは別に、日記みたいのもつけてたかもしれねぇ。あいつ、そういうのはすごくマメだったし」

「日記！　それは小林さんの手もとにあるんですかっ？」

勢いこんで身を乗り出すミトに小林は首を振る。

「や、一応捜したんだがそれもなかった。勘違いすんなよ、日記を捜したのは野次馬根性じゃなくて……」

「わかってます。渚さんが何を思ってたのか、小林さんも知りたかったんですよね？」

渚が自殺だったのかどうか。死にたいと思ったことがあったのかどうか。それを知るまでは小林の心にも平安は訪れない。

いずれにせよ、必死になって捜し回ったのだろう小林が見つけられなかったのなら、日記らしきものも完全に行方不明ということになる。

「あの、小林さん、俺を渚さんのお部屋に入らせてもらうわけにはいかないですか？」

そうだ、渚の部屋なら彼の想いが残ったものがたくさんあるだろうし、採石場跡のときのように共鳴できるかもしれない。もしかしたら渚の霊自体が部屋に留まっている可能性も……。

小林は血相を変えて怒ったりはしなかったが、溜め息をついて首を振った。

「おまえが捜そうってのか？　無駄だって。それこそ俺がもう何度も捜しまくってなかったんだから」

「日記を捜すのもなんですけど、それ以外にもわかることあるかもしれません。俺ね、渚さんと同じくらい強い霊感あるんです。それに、渚さんと俺って似てるせいか共感しやすいみたいで、もしかしたら渚さんがどんな気持ちでいたか感じることできるかも」

小林は半信半疑といった表情で力説するミトをまじまじと見ている。

「おいおい、おまえまで妖精が見えるとか言い出すなよ。得体のしれない自称霊能者を大事な弟の部屋に入れられるかよ」

「俺渚さんみたいに妖精は見えないですけど、霊はかなり見えますよ？　えっと、たとえば今小林さんの後ろにはうっすらと二人の生霊《いきりょう》さんがついてます。長い黒髪で青い星のピアスしてる綺麗な人と、左目の下にほくろのあるショートカットの可愛い人と……」

「や、やめろ、もういい」

すぐに思い当たったのか、小林はうろたえ青ざめてミトから一歩下がった。

「あ、大丈夫です、悪いものじゃありません。ただ皆さん小林さんのことがすごく好きで、ちょっと不安になってるみたい。あまり冷たくしないであげてくださいね？」

「うるせぇよ」

苦い顔でチッと舌打ちしてから、俯《うつむ》いてつぶやく。

「あいつも……マジでいろいろ見えてたんだろうな。俺がそういう話を適当に聞き流してたから、そのうちヤツも話さなくなっちまったけど」

「や、でも、俺思いますよ。お兄さんが全然見えない人だったから、渚さん一緒にいて気楽だったんじゃないかなって。むしろ渚さんにとっては、鈍感なお兄さんが癒しになってたんだろうな、なんて」

「鈍感っておまえ……てか、俺が癒し？　んなわけねぇだろ」

小林は後悔を吐き出すように深く息をつくと、ミトにヘルメットを差し出した。

「乗れ。うちに連れてってやる」

「はい！　ありがとうございます！」

ミトは深々と頭を下げてバイクの後ろにまたがった。

小林兄弟の自宅は大学近くの住宅街の中の、こぢんまりとした古いアパートだった。玄関を入るとすぐにダイニングキッチンがあり、その奥に居間らしき部屋が見えた。テーブルとソファとテレビくらいしかない物の少ない部屋も、食器も鍋もほとんどないキッチンも生活感を感じさせない。もしかしたら小林は渚が亡くなってからこの部屋に寄りつかなくなったのではないかと気づき、胸が痛くなった。

「こっちがあいつの部屋だ」

小林が居間の隣の部屋のふすまを開け、電灯のスイッチを入れた。蛍光灯の光に浮かび上がったのは六畳の和室だ。

渚の部屋も家具が少ない。右側にベッドと本棚、反対側は押し入れになっており、正面には学習机があるだけだ。

本棚の本をザッと見る。神孫子の著作、同じ本が二冊ずつ十冊ほど立てかけられている。ほかは都市伝説や心霊関係の本ばかりだ。

ベッドにはきちんと布団が敷かれ、机の上にはパソコン、本、筆記用具が、おそらく渚がいなくなったときのまま置かれている。まるで部屋の主がいつ帰って来てもいいように。

そっと隣の小林を見上げると、切なそうな顔で学習机を見つめている。『おかえり』と振り向いて笑う弟の姿を、ふすまを開けるたびに彼はそこに見ていたのかもしれない。

(渚さん、いないな……)

残念ながら渚の霊は見当たらない。ぐるりと見回しても、特別気を引かれるようなものもない。

「パソコンには……？」

小林は首を横に振った。

「詳しいダチに聞きながら中身を調べたが、これといったものはなかった。検索履歴も研究関係のことばっかだし、基本アナログだったからな。パソやスマホの画面見てると目が疲れるとか言って、手書きのほうが好きなヤツだった。……ああ、でもＵＳＢがあったからそれは持ってってもいいぞ」

一番上に入ってる、と引き出しを指差す小林の顔を思わず見てしまう。

「えっ、いいんですかっ？」

ミトに持って行かせるということは、神孫子の手に渡ってもいいということだ。小林は気まずげに顔をそむける。

「大学のレポートなんか俺が読んでもちんぷんかんぷんだ。あいつなら、俺にはわからないことが何かわかるかもしれねぇだろ」

「ありがとうございます！　大切にお借りします」

ミトは許しを得て机に近づきパソコンに触れ、マウスに触れ、置いてある本——神孫子真一著『都市伝説の真実』——やペン類に触れた。流れこんでくる強い感情はなかった。唯一本に触れたときに指先がほんのりと温かくなったのは、渚がこの本を大切にしていたからだろう。

一番上の引き出しを開ける。中は綺麗に仕切られ、文房具などが入っている。すぐに見つかったUSBを取り小林を窺《うかが》い見るとぞんざいに頷かれたので、大切にバッグの中にしまった。

「どこでも好きなだけ見ろよ。たいしたものは入ってないけどな」

顎をしゃくる小林に頷き返し、ミトは続けて引き出しを開けていく。

渚は本当に真面目一辺倒の学生だったのだろう。ほかの引き出しの中からは専門分野の資料をコピーしたファイルとか、関連雑誌とかそういうものしか出てこなかった。ミトは丁寧にその一つ一つに触れていったが特に伝わってくるものはない。

「エロ本の一冊も出てこねぇとこがあいつらしいっちゃあいつらしいよ。……そういえばおまえ、採石場跡で妙なこと言ってたよな。渚が神孫子を好きだったとかなんとか……」

小林が微《かす》かに眉を寄せる。

同性に恋をしていたことを、渚は兄に知られたくなかったのではないか。そう思うとはっきりと答えられずミトは「えーっと……」と言葉をにごすが、「あの後納得したよ」とあっさり言った小林を思わず振り向いた。

「神孫子への執着が半端じゃなかったからな。惚《ほ》れてたっていうのなら頷ける。ぶっちゃけ、俺がふがいねぇから渚が神孫子を兄貴代わりにしてたのかと思ってたんで、ムカついてた部分もある。だからその点では気が楽になったつぅか……まぁそんなことはどうでもいい」

とっとと捜せ、と小林は手を振って促す。

照れたようなその顔を見てミトの心はじんわりと温まる。小林は本当に渚のことが可愛かったのだろう。渚の一番でいたいと思っていたのが神孫子に取られたように感じて、彼も寂しかったのかもしれない。

（渚さん、もうちょっと、俺にあなたのこと教えてください……）

心の中で呼びかけながら最後の引き出しを探る。講義の要点をまとめたノートはあるが日記のようなものは見当たらない。

「っ……」

諦めて閉めようとしたとき、何か引っかかりを感じた。もう一度引っ張り、また押してみる。やはりスムーズに開け閉めができない。まだ奥があるのに全部開き切っていない感覚なのだ。

「中坊の頃から使ってるボロ机だからガタがきてるんだろ」

何度も最下段を開け閉めしているミトを見て小林が言う。でもなんとなく、そういうのとも違う感触がする。

開いた引き出しに手を入れ奥のほうに伸ばしてみたのは完全に無意識だった。自然に体が動いたというほかはない。そうすれば開くと、なぜかふいに思ったのだ。

探ってみると指先が金具のようなものに触れた。ひっかかりの原因はそれだ。引き出しの一番奥についたフックのようなものが机の背板にひっかけてあるらしい。ミトはフックをはね上げると引き出しを最後まで引っ張り出した。

「あった……っ」

ぶ厚いファイルのさらに奥に、単行本くらいの大きさの厚めのノートが入っていた。取り出してみると文字通り『ＤＩＡＲＹ』とタイトルがついている。

「小林さん！」

「マジか……」

呆気《あっけ》に取られながら小林が近づいて来て、渡された日記帳をパラパラとめくる。

「渚の日記だ。間違いねぇ。おまえどうしてこの引き出しに仕掛けがあるってわかった？」

「えっと、どうしてでしょう？　なんとなく？　これって渚さんが導いてくれたとしか……」

本当にわからなかった。渚と共鳴した感覚もなく、手が勝手に動いたとしか言えない。

「あいつらしいな……細々《こまごま》と書いてやがって……」

日記をめくっていた小林が声を詰まらせた。パタンと閉じたそれをミトに押しつけてくる。

「おまえが見てくれ」

「えっ、いいんですか？」

ぞんざいに頷かれる。もしかしたら小林は怖いのかもしれない。渚が本当に自ら死を選んだのかどうかを知ることが。もしもそうだったら、彼は自分を一生責め続けることになるだろうから。

ミトは大切なそれを両手でしっかりと受け取り、丁寧にめくっていく。

日付は二年前の年明けから始まっていた。記録は毎日ではない。神孫子とフィールドワークに行ったときや、一人でどこかに行ったり何か発見があったりしたときだけつけていたらしい。

渚はその時々の自分の感情を文にして昇華するというタイプではなかったようだ。書かれた文章はどれも短く簡潔で、行動記録というのがぴったりくる感じだ。けれど淡々とした文からも、彼が大切に思っていたものが何だったのか伝わってくる。

先生、兄ちゃん、お迎えうさぎ、先生、兄ちゃん、うさぎ、先生、先生……。

細かく読みこんでいるわけではなく次々とページを繰っていくだけでも、毎日生き生きと過ごしていただろう渚の様子が見えてくるようで目頭が熱くなってきた。

泣いている時間はない。ミトは途中を飛ばして最後の記録を開いた。

「去年の、六月八日……」

声に出して言うと、「あいつが死ぬ前の日だ」と硬い声が返ってくる。その日の日記はそれほど長くなかった。

『間違いない。予想は当たっていると思う。あの百合の花（色がちょっと変わっている？）

はきっとお迎えうさぎが咲かせたものだ。明日篠土山《しのつちやま》（先月うさぎの目撃情報があった）に行って早速確認して来る予定！　今からわくわくしている。証拠を摑んだらすぐに先生に教えてあげよう。それで次は二人で見に行こう。先生は絶対喜んでくれるはず。《疑問》うさぎが現れた場所に霊がいなくなるのはなぜか？　先生の言うようにうさぎは死神的な存在ではないのか？　《覚書》兄ちゃんの誕生日のプレゼントそろそろ用意！』

「小林さんっ！」

ミトは思わず声を上げた。緊張で表情を強張《こわば》らせていた小林がハッとミトを見る。

「やっぱり渚さんは自殺なんかじゃありません！　絶対違います！　ここ、最後の日記読んでみてください」

差し出された日記を小林は覚悟を決めたように受け取り、開かれたページに目を走らせる。

「……誕生日の……」

呆然《ぼうぜん》とつぶやく顔がつらそうに歪《ゆが》められた。くそっと小さな声で言った小林は指先ですばやく目もとをぬぐう。

「俺の誕生日は、その月の二十七日だったんだ……」

日記を持つ手が微かに震えているのを見てミトの瞳もじんわりと濡《ぬ》れる。

「渚さん、小林さんのプレゼントのことちゃんと考えてました。それに、お迎えうさぎのことがわかったら先生に教えようって楽しみにしてたんです。そんな人が自分から飛び降りたりするわけないですよ！」

小林は困惑した表情で開きかけた口をそのまま閉じる。もう彼も真っ向からミトに反論しようとはしない。

「ねぇ小林さん、俺と先生と一緒に、渚さんが亡くなった篠土山に行ってみませんか？」

ミトは小林の顔をまっすぐ見上げて言った。それはこれまでずっと先送りにしていた決断だった。

自分が命を落とした場所に霊が留まることは多い。でも渚の場合、心残りは神孫子や小林、そしてお迎えうさぎに関することだろうと思い、可能性の高い思い出の場所から先に回って行ったのだ。もちろん神孫子の心にかかってくるだろう負担も考えてのことだった。

けれどもう、残された場所はそこしかない。最後に渚が期待をこめて訪れた場所。何かを見つけたかもしれない場所で、渚は今も神孫子を待っているのではないか。

（今度こそ会える気がする……）

「おまえたちとあそこに？」

小林は気乗りしなそうに眉を寄せる。彼にしてももう足を向けたくないつらい思い出の場所なのだろう。

「はい。そこで渚さんは何か見つけたかもしれません。それを教えたくて霊のまま留まっているのかも……。もしそうだったら、俺、渚さんとお二人を会わせることができると思います」

ミトの真剣な顔を小林はじっと見返してから、また日記に目を落とした。しばしの沈黙の後、再びミトを見る。

「あいつが俺のプレゼント、何にするつもりだったのか気になるわ」

そう言った口もとはわずかにほころんでいた。

「おまえ、そこまで言い切ったなら絶対に渚に会わせろよ。俺ももう、終わりにしたい」

こんな苦しい気持ちは、と口には出されなかった心の声が聞こえた気がした。ミトは力強く頷き、日記を持った小林の手を上からそっと覆った。小林は振り払わなかった。

「ミト君！　どこに行っていたの？」

そうっと玄関を開けて一歩入るなり神孫子が飛び出してきてびっくりした。外出着に着替えているところを見ると、ミトを捜しに出るつもりだったのかもしれない。

「せ、先生、ごめ……」

謝りきらないうちに引き寄せられぎゅっと抱き締められる。

「手紙には行き先が書いていないしスマホは家に置いたままだし、どれだけ心配したと思ってるんだいっ？」

「ああっ、電話忘れてっちゃいました！　先生ごめんなさいっ」

「君はそういうところまで渚君によく似ているね。彼もスマホをいつもどこかに置きっぱなしにしていたから。それにしてもよかった。もしかしたらリロイ君に連れて行かれてしまったのかと思ったよ」

ほうっと安堵《あんど》の息をつき、神孫子はミトの髪を愛しげに撫でてくれる。離れていたのはほんの数時間だったのにずいぶんと長いこと会わなかったように感じて、ミトも神孫子の背に手を回し控えめに抱きついた。

「先生、具合どうですか？　俺心配かけちゃったから、また悪くなったりしてませんか？」

見上げた顔はだいぶ元気そうだ。

「大丈夫だよ、ぐっすり眠ったらよくなった。明日は予定通り小林君を捜しに行けそうだ」

「そのことなんですけど先生！　それはもう行かなくてもよくなりました！」

ミトは笑顔で足もとに置いた紙袋を持ち上げる。小林から借りてきた渚の日記や、渚がまとめていた資料のファイルだ。「どういうこと？」と神孫子が首を傾げる。

「はい、実は俺さっきまで小林さんと一緒にいたんです。それであの……っ」

興奮気味に話し出すミトを、神孫子が片手を上げて止めた。

「何かすごいニュースがありそうだね。玄関先じゃなんだから、お茶でも飲みながらゆっくり聞かせてくれるかな？」

ミトの表情からいい知らせだと察したのだろう。神孫子も嬉しそうに微笑んで奥へと促した。

　モーテル跡で百合の花を見つけ、危ないところを小林に助けられて渚の部屋に行き日記を見つけるまでの話を、ミトはすべて神孫子に報告した。不良にからまれたところでは顔を険しくして怒った神孫子は、それ以外は穏やかな瞳で頷きながら話を聞いてくれていた。

「なるほど、そうだったのか……。渚君はお迎えうさぎの本当の役目に、かなり近いところまで気づいていたんだね」

　話を聞き終えた神孫子は思い当たることがありそうな顔で頷いている。

「渚さん、そのことがはっきりするまで先生には内緒にして驚かせようと思ってたみたいです。一人で山に行ったのもきっとそのためです」

「毎回僕を引っ張り出すのも悪いという気遣いもあったんだと思う。もし僕が同行していたら、こんなことには……」

　神孫子は悔しげに唇を噛んでから紙袋に目を向けた。

「それで、その日記やファイルを小林君が貸してくれたということ？」

　意外という響きがあった。これまで小林に激しい敵意を向けられていた彼にすれば当然だろう。

「小林さんも先生と同じで、この一年間ずっと苦しんでたんです。自分がもっと渚さんのことを気をつけてあげていればあんなことにはならなかったんじゃないかって。でも渚さんの日記を見て、小林さんも気持ちが変わってきてます。先生、ここ見てください。亡くなった日の前のとこ」

ミトは日記の最後の記述を開いて神孫子に差し出した。神孫子は厳粛な面持《おもも》ちでそれを受け取る。文字を追っていく目が悲しげに細められ、読み終えると額に手を当てた。小林と同じその表情にミトの瞳もまた潤みそうになる。

「そうか……渚君は僕のために、一人で山に……」

「でも、渚さんが崖から落ちたのは先生のせいじゃありません。先生が責任を感じるのは違います。そんなの渚さんも望んでません」

ミトは神孫子の隣に移り、一生懸命その背を撫でる。神孫子の硬い表情が少しやわらいだ。

「ああ、そうだよね。それに渚君は、少なくともこれを書いたときには自ら飛び降りる意思はなかったようだ」

「そうです、自殺じゃないんですよ！」

ミトは拳を握る。

「渚さんは死にたいなんて全然思ってませんでした。ただうさぎのことを知りたい、何かわかったら先生に教えてあげたいってそれだけだったんです。俺、その日記全部見たわけじゃないですけど、渚さん、こんなに好きなんだから先生にも好きになってほしいとかも思ってなくて、ただ喜んでほしいって、それだけで……」

まだパラパラとめくってみただけだし、ありのままに心情が綴《つづ》られていたわけでもないが、行間からは彼の想いがにじみ出ていた。

「先生、小林さんもこれ見て、そのことわかってくれたと思います。だから俺、言いました。俺と先生と三人で……渚さんが亡くなった場所に行こうって」

見上げた神孫子の顔に驚きはなかった。ミトの言葉を受け止める表情にはむしろ、同じ決意が表れている。

「うん、行こう、ミト君」

神孫子ははっきりと頷いた。

「本当は僕から言おうと思っていたんだ。ミト君は僕を気遣って言い出せなかっただろうからね。渚君がいるとしたら、もうあそこしかないと僕も考えている」

「先生……」

「一年前、渚君が亡くなったとき、僕も一度篠土山に行ってみた。当時の僕はまだ彼の死を全然受け止められていなくてね。そこに留まっていることすら耐え難くて、彼が何をしようとしていたのか冷静に考えることもできなかった。情けないことにそれ以来、行けていないんだ」

自分のふがいなさを悔やむように神孫子が拳を握り締める。

「でも、今なら違う気持ちで訪れることができると思う。渚君がそのとき見ていたものを僕もちゃんと見て、彼の死を受け入れたい。同じ痛みを抱えた小林君と、ミト君がいてくれるならそれができる」

「はい先生。俺、そばにいます。先生とお兄さんの痛みを俺も引き受けます」

握られた神孫子の拳に、ミトは自分の手を重ねた。この人を救うために自分はお迎えうさぎとしてここにいる。神孫子と巡り合って渚の霊を捜し、送ってあげて、皆の笑顔を取り戻してあげるために。

(それが、俺の一番大事なお役目なんだ)

「ミト君、本当にありがとう」

神孫子は安らかな笑顔を見せ、ミトの体を優しく抱き寄せた。

「君は今夜僕らのために、一人でたくさんがんばってくれたんだね。そして僕をまた救ってくれた。僕にとって君は本当に天使だよ」

「せ、先生、そんなことないです。俺がもっと早く気づいていればこんなに時間かからなかったのに……」

「でも、その分だけ一緒にいられたじゃないか。だからむしろこれでよかったんだよ。……顔を見せて。ああ、ここに新しい傷がついてるね。ここにも」

神孫子の指先が額や頬に触れてくる。最近のミトは長時間人間体でいただけでもパワーを消費し、知らぬ間に傷が増えてしまうのだ。神孫子はその傷に唇で丁寧に触れ、癒していってくれる。

「あ……っ、せ、先生……」

「じっとして」

温かくて、心地よくて、胸がときめいてくる。

想いを打ち明け合ってからは、ミトは人間体のまま神孫子にパワーを分けてもらっている。補充の効率はうさぎ体より悪いのだが、そのほうが人間の恋人同士として触れ合っている気持ちになれて嬉しいのだ。

(でも、こういうのももうすぐ終わりなんだよね……)

渚を見つけることができたら、そこでミトのお役目は終わりだ。神孫子との別れの日は近づいている。

(せめて、次の満月までは一緒にいたいな……)

渚を送ってあげてから満月になるまでの、ほんの何日かの間だけでもいいからそばにいたい。そのくらいは、許してもらえないだろうか。

「ミト君」

切なさを噛み締めていたミトはあわてて表情を整え、「はい」と神孫子を見上げた。

「ちょっと縁側で月を見ようか。今日は空も晴れてるから」

「あ、いいですね」

神孫子に促され、二人肩を並べて縁側に座る。月の光を浴びているとパワーの戻りも早くなるので、たまにこうしてここでミトは神孫子と月を眺める。今夜の上弦の月も澄んだ輝きを放って美しいが、もうすぐあそこに帰らなければならないと思うと物悲しい気分になってくる。

優しく肩を抱かれた。しょんぼりしている気配が伝わってしまったのかもしれない。そっと見上げた神孫子はいつもと変わらぬ微笑みを浮かべていて、別れを悲しむ雰囲気ではない。自分もしっかりしなくては、とミトは気持ちを切り替えようとする。

「ミト君に聞きたいことがあるんだけれど、いいかい？」

「はい、何ですか？」

無理に作った笑顔を向けた。

「渚君を見つけて天に送ったら、君の最大の目的はそれで終わることになるよね。その後はどうするの？」

その後のことはまったく何も考えていなかったので、ミトは戸惑う。

「えっと、そうですね……月に帰ってしばらく休んだら、また地上でお役目を始めると思います。送ってあげなきゃいけない霊はまだまだいますから」

その頃には神孫子の幸せを祈り、嬉しかったことをたまに思い出しながら、意欲的に新しいお役目に向かっていられればいいなと思う。今回のことでミトも少しは成長できた。人と関わる素晴らしさや、人を愛する気持ちを知った。きっとこれまでよりももっと人間に寄り添ってお役目を務めることができるようになるだろう。

「また、この家に戻って来てくれないかな」

「えっ？」

いきなり言われたその意味がとっさにわからなかった。

「僕とまたここで暮らしながら役目をこなしていったらいいんじゃないかと思って。君のパワーを僕が補えばいちいち月に帰るより効率がいいだろう？　それに何より……僕はミト君と離れたくない」

「っ……」

耳を疑い、ミトは真ん丸にした目を神孫子に向ける。ミトのびっくりした様子に神孫子は「ああっ、ごめん」と照れながら頭をかいた。

「お迎えうさぎの君を引き止めて自分だけのものにしておきたいなんて、とんでもない望みだとはわかっているんだ。でもわがままを言うようだけど、僕はどうしても君と別れたくないんだよ。自分が誰かに対してこんな気持ちになるなんて思ってなかったから、正直驚いてる」

「先生……」

じわじわと嬉しさが湧いてくるとともに、鼓動がトクトクと甘く高鳴り始める。

「渚君のときは結局一緒にいることができなかったから……今度こそ大切に思っている人を離したくないんだ。だからといって、君以外の誰かというのが考えられないんだよね。いくら僕が人間的に少し成長できたからといって、君を忘れてほかの人を好きになるのはやはり無理な気がするんだ」

「だ、だけど先生、俺、お迎えうさぎですよ？　人間じゃないんですよ？」

嬉しすぎることを次々と言われ、信じられずに声が震えてしまう。神孫子の温かい手のひらが頬に当てられた。

「いや、もちろんわかっているよ。自分でもむちゃくちゃなことを言っている自覚はあるんだ。でも……ほんの短い時間だと思うんだよね、僕たちが一緒にいられるのは」

しみじみと言って神孫子は月を見上げる。何十億年も前からそこにある星からすれば、百年にも満たない人の一生はとてつもなく短い。渚のように二十年ほどで終わってしまう場合だってある。

「そもそも僕は器の小さい人間だからね。この先どのくらい生きるかわからないけれど、その間にほかの人を好きになれるほどの心の余裕を持てるとは思えない。君がいなくなったらきっと、渚君とミト君とのことを繰り返し思い出しながら一人で生きていくと思うんだ」

渚とのことを昇華して安らぎを得た神孫子が、少しずつ周囲の人間と交流しながらも思い出だけをよすがに生きていく姿を想像してみる。笑える日が多くなったとしても彼は変わらず一人で、隣に誰もいないのはとても寂しい光景のようにミトには思えた。

「だったら、ミト君本人がそばにいてくれたらと思ってね。今の生活を最期まで続けていけたら、もう望むものは何もないよ」

すごい自分本位だよね、と苦笑する神孫子が愛しすぎてたまらなくなったミトは、彼の胸に飛びこみぎゅっとしがみついた。

「はい！　俺、先生といます！」

はっきりと告げた瞬間、体の中で嬉しさの花火が次々と上がったような感じになった。嬉しくて嬉しくて泣きそうだった。

「月に帰っても戻って来ます。それで、そのまま先生と暮らします。今までどおり、一緒にいます！」

渚の分まで、ミトが神孫子を幸せにしたいと思った。

お迎えうさぎの寿命が何年なのか、ミトは知らない。リロイはもう何百年もお務めについていると聞いたことがあるし、パワー切れで消滅さえしなければ人間の神孫子より長生きできるのは確実だ。

一緒にいられるその間だけでも、神孫子を笑顔でいさせてあげたい。たくさんの素敵な思い出を持たせて、ミトの手で天国に送ってあげたい。

（それを俺の、これからの目標にしよう！）
渚に会えたらそのことを伝えよう。安心してくださいと伝えよう。
神孫子は必ず自分が幸せにすると、そう伝えよう。
ぎゅうぎゅうとしがみつくミトの髪を、神孫子は笑って撫でてくれる。
「ああ……それは嬉しいな。本当に、夢を見ているようだ」
届いてきた声は喜びを隠せず少しだけ涙に濡れていて、ミトの瞳も熱くなった。

回復したかに見えた神孫子が翌日からまた熱を出したので、大事をとって篠土山行きは四日後にした。その日から四日後は満月になるが、ミトはもう焦ってはいなかった。渚がそこにいるだろうことを信じていたし、もしも何も見つからなかったとしても、一度月に帰ってまた戻ってからゆっくり捜せばいい。神孫子とずっと一緒にいようと決めた今、気持ちはとても安らかだった。
ただ心配なのは神孫子の体調だった。前から具合の悪そうなときはあったが、ここにきて神孫子はひんぱんに熱を出すようになった。なんともないと言い張る本人を引っ張って行って大きな病院で検査も受けさせたが、原因はわからず過労ではないかという診断だった。熱はあっても本人はいたって元気で、ミト君に手厚く看病してもらって得をしたね、などと軽口を叩いては笑っているのが救いだが、無理はさせたくなかった。

無事に渚を見つけられたら神孫子の気持ちも落ち着くだろうし、その後はゆっくり休んでもらおうとミトは決めていた。

（先生に休んでもらうためにも、山で渚さんと会えるといいんだけどな……）

どうか会えますようにと祈りながら、ミトは神孫子の部屋のふすまをそっと開ける。神孫子は座卓の上に開いたノートパソコンの画面に真剣な目を注いでいた。

今日は熱もなく体調もいいようだ。山に行く日は明日に迫っており、神孫子の体調次第では延期も考えていたのでミトはホッとしていた。

「先生、ハーブティーいれましたよ。寝る前に飲むとよく眠れるんですって」

「ああ、ありがとう」

神孫子は時計を見て「もうこんな時間か」とつぶやき、組んだ手を上げて伸びをした。

「あまり無理しないでくださいね。いよいよ明日ですから」

気遣うミトに、ここ数日ずっと渚のUSB内のデータを確認している神孫子は大丈夫と笑って応える。

「もう万全だよ。頭も冴えているようで、今日も朝から一日パソコンの前に座りっぱなしだった。それに、渚君の遺《のこ》したこのデータを見ているとなんだか懐かしくてね。ちょっとしたレポートにも彼らしさがあって、視点もユニークだし面白いんだ」

USBの中身は主に大学の研究レポート類だったらしい。お迎えうさぎについての考察をまとめたテキストファイルもあったようだが、渚に関して神孫子とミトが知っている以上の目新しい情報はなかった。

「渚さんって研究熱心な人だったみたいですね」

「それはもう。とても真面目な学生だったよ。僕に協力したいって気持ちもあったと思うけど、本人も興味を持ってたんだろうね。僕の知らない心霊情報もあったりしてとても参考になる」

神孫子はパソコン画面に目を戻し頷く。

「ミト君は、彼の日記を読んでいるの？」

「はい。もう三回目くらいなんですけど。なんか、読めば読むほど渚さんを身近に感じられてくるっていうか」

USBや資料類は神孫子に任せて、ミトはこの四日間ずっと渚の日記を読み返していた。淡々とした行動記録なのにもかかわらず、読めば読むほど行間から小林渚という人の個性が浮かび上がってくる。

たとえば、ある日はこんな感じだ。

『今日は先生と小日向《こひなた》トンネルへ。かなり強い霊がいるという噂《うわさ》だったので理由をつけて現地集合にしてもらい、一足先に行って下見。先生に害があるような強力な霊ではなかったので安心した。先生が必要になったときすぐ出せるように計測器、清めの塩、録音機、携帯用救急箱も持参。結局使用せず。バッグが重そうだと言われ中身は本だとごまかした。心配していろいろ用意していったと知られたら細かすぎだと笑われそう。』

別の日にはこうだ。

『先生が珍しくゼミの一年生たちと笑いながら話をしていた。こっくりさんがテーマらしい。宮部《みやべ》君がやたらとこっくりさんに詳しくて話が盛り上がっていた。こっくりさんは狐《きつね》の霊？ それともほかの霊？ くやしいのでこっくりさんについても勉強しよう。次は自分も会話に加われるように。』

心情についての記載のほとんどない日記だったが、ごくたまに気持ちを吐露したような記述もあった。

『人を笑わせたいと思ったら自分が笑えないと駄目なのかもしれない。もっと明るい性格だったら、先生にもっと楽しいと思ってもらえたかもしれない。一緒にいたいと思ってもらえたかもしれない。不器用な自分には難しいかも。』

『先生』という単語を数えたら全部でいくつあるかわからないほど、その日記は神孫子のことで溢《あふ》れていた。渚が神孫子をどれほど慕っていたか、神孫子に喜ばれるように陰でどれほど努力していたか、そしてそんな日々が彼にとってどんなに充実していたかが窺えた。加えて彼が自分の性格に多少のコンプレックスを抱えており、神孫子に好かれるために変わりたいと思っていたことも。

「日記読むと渚さんって、真面目で努力家で冷静ってイメージですね。資料もきちんと整理されてるし、かっちりしてるっていうか」

「まさにそう。そういう点では彼は本当にしっかりしていたよね。僕は大雑把《おおざっぱ》だからすぐ資料を失《な》くすんだけど、そのたびに彼がすぐに出してきてくれて助かってたよ」

「顔は似てても性格は俺とあまり似てないかも。俺、うさぎ仲間の中でもはっちゃけたドジっ子みたいな位置づけだったから」

神孫子はハハッと笑ってミトの頭をポンポンと軽く叩いた。

「でも共通点もたくさんあるよ。いつも一生懸命で、素直で思いやり深いところなんかね。うん、だから渚君は君に送ってもらいたくて待ってるのかもしれない」

「ですね。俺もきっとそうだと思います」

ミトは元気よく頷いた。明日渚に会えるのがますます楽しみになってくる。

「先生、今夜は早めに寝てくださいね。でないと明日、山に登る途中でへたばっちゃいますから」

「了解。ミト君に背負ってもらうわけにはいかないからね」

神孫子は笑いながらおやすみ、とミトに手を振った。

先に寝室に戻ったミトは読んでいた日記を閉じ、紙袋にしまいかけた手を止めた。中にもう一冊ファイルが残っている。お迎えうさぎについての文献のコピーなどを整理したものだ。

神孫子がパラパラと見て、渚個人の意見が書いてあるようなものではないからこれは後回しにしようとよけたものだった。

（寝る前に少し読んでみようかな……）

お迎えうさぎについてどんなふうに伝えられてきたのか興味が湧いて、ミトはファイルを手に取る。パラリとめくり思い切り顔をしかめてしまった。お迎えうさぎとして生を受けてまだほんの一年のミトには、何百年も前の文字はさすがに読めない。

渚もかなり苦労したようだ。古文書《こもんじょ》を拡大コピーした行間には彼の字で手書きの現代文訳がついている。

「これ読みながらだとぐっすり眠れそう」

ミトは苦笑しながら読み進めていく。

最初は難しいのかと思ったが、迎えの牛車と似たような昔の人の思いこみやまったくの想像に基づく誤った記載がいくつもあってなかなか面白い。だが残念ながら昔からお迎えうさぎ――当時は『黄泉兎《よみうさぎ》』と呼ばれていたようだ――が現れるのは凶兆と捉《とら》えられていたらしく、あまり好意的な書き方はされていなかった。鬼のような形相《ぎょうそう》のボロボロのうさぎが苦悶《くもん》の表情の死人を踏みつけている絵まであった。

一方で正しい記載もあった。牛車はともかく黄泉兎が帰って行く故郷が月であるということ、月に戻り力を蓄えることなどは、当のうさぎでなければ知り得ないような情報だ。

（俺みたいに、人と交流した仲間もいたのかもしれないな……）

そのうさぎも当時からいたかもしれないリロイに怒られてたりして、とクスリと笑いながらめくった次のページの記載にふと目を引かれた。

『何よりも気をつけなければならないのは、黄泉兎と話をしてはいけないということ』

古文書の隣の渚の訳文はそう書かれていて、ミトは思わず顔を近づける。

『黄泉兎は人の生気を吸い取る死のうさぎである。失った力を人の生気で補充する』

「えっ……えっ……？」

鼓動が不穏なリズムを刻み始め、じわじわと嫌な汗がにじみ出てくる。読みたくはないのに目は勝手にその後の文字を追う。

『言葉を交わすこと、ましてや触れることなどは命取りになる。力を失くしたうさぎはそばにいるだけでも大いに危険である。うさぎに目をつけられ気を吸い取られた人間は』

「高熱を出し徐々に衰弱し、最後はミイラのようになって死を迎える……」

手がファイルを取り落とした。手だけではなく全身が震えている。嘘《うそ》だ、嘘だと自分の声が頭の中に響いている。

こんなのは昔の人の作り話だ。お迎えうさぎを悪者に仕立て上げようとするただの妄想だ。

そう自分に言い聞かせようとするのに、様々なことが頭をよぎる。

お迎えうさぎの規律で生身の人間との接触はなるべく避けるようにと定められている事実。

神孫子が熱を出すようになったのは主にこのひと月、ミトのパワーの減りが早くなってから

だったという事実。

（まさか、そんな……っ！）

ミトは弾かれたように立ち上がるとファイルを拾って寝室を飛び出し、神孫子の部屋のふすまを開け放った。まだパソコンに向かっていた神孫子が驚いた顔で振り向き苦笑する。

「ああミト君、そんな顔をしないで。わかりました。僕も今日はもう休みましょう」

神孫子は笑いながらパソコンを閉じる。

「大体ひと通り見終わったんだけどね、データの中には渚君の居場所の手掛かりになるようなものは残されていないようだったよ。彼の考えていたことや足跡をたどるという意味では、やはり日記のほうが参考になるかもしれないね。とにかく明日現地へ行って何かわかれば……ミト君、どうかしたの？」

ミトの様子がおかしいのに気づいたのだろう。神孫子は気遣うような眼差しを向け、立ち上がった。

「先生……先生の熱は、俺のせいですか……？」

自分でも聞いたことのない強張った震え声が出た。神孫子の瞳が見開かれる。

「俺ずっと、先生から生気を吸い取ってたんですか？　だから先生は、最近具合が悪かったんですか？　そうなんですかっ？」

神孫子の視線がミトが握っているファイルに移る。その瞬間苦しげに両目がぎゅっと閉じられたのを見て、彼がすべてを知っていたのだとわかり目の前が暗くなった。

「そうか、そのファイルに『妖《あや》かし見聞録』のコピーが入っていたのか……僕が預かっておくべきだったな」

そう言った神孫子の声は信じられないくらい落ち着いていた。

「なんでですかっ！」

悲しみと怒りが入り交じった激しい感情が湧き上がってきて、ミトは溢れてくる言葉をそのまま神孫子にぶつけた。

「知ってたのに、どうしてですかっ？　なんで俺のこと助けたりしたんですか！　一度ならともかく何度も何度も……っ！　最初に熱が出たとき、わかったんでしょっ？　俺にパワーを分けたせいだって、先生気づいたんですよねっ？」

「最初はそうは思わなかったよ。でも何度か続いたからね。『見聞録』の信憑性《しんぴょうせい》には半信半疑だったけれど、どうやら根拠のないものではないらしいね」

「なんで……何、平気な顔で言ってるんですか……」

全身が熱くなり瞳が潤んでくる。ミトはファイルを握り締め、いつもと変わらぬ涼やかな微笑を浮かべて立っている男を睨みつけた。本当は両腕を摑んで揺さぶりたかったが、真実を知ってしまった今は触れるどころか近づくことすらできない。

「気がついたならどうしてやめなかったんですか！　地上にいればいるほど俺のパワー減ってくって、先生知ってましたよねっ？　なのに俺を月に帰さないでそばにいて、熱出てるのにパワー分けてくれて……死んじゃうんですよっ⁉　先生ミイラみたいになって死んじゃうのに……どうしてそんなことしたんですかっ！」

言い募るミトを静かな瞳で見つめていた神孫子がふっと唇をほころばせた。

「君が好きだから」

「っ……」

「ミト君のことが大好きになって、そばにいてほしかったからだよ」

迷いの欠片もない表情で神孫子は言った。目の前の笑顔が急に霞《かす》んでくる。泣いてはいけないとミトは涙を堪《こら》える。

「ああ、ちょっと柄にもなくエモーショナルなことを言ってしまったかな。うん、でも理由を聞かれてもそれしか答えようがないんだよね。最初の頃は体調にたいした変化もなかったし、『見聞録』のことなんか気にもしてなかったよ。それよりも僕の一生を賭けて捜すつもりだった本物のお迎えうさぎ君に会えて、その上僕でも協力できるということがわかって舞い上がっていたからね」

神孫子は幸せそうな笑みを消さずに語り続ける。

「ミト君のおかげで渚君への気持ちに気づいて、ミト君のことを同じように大切に思うようになって……自分でも無意識に君にたくさんのパワーを分けるようになったのかもしれないな。熱が出たり倦怠感《けんたいかん》やめまいを覚えたりし始めてからやっと、『見聞録』の記述を思い出したんだ。でも、ああそうなのかと思っただけだった」

「ああそうなのか、って……！　このままだと死んじゃうかもしれないって知って、怖くなかったんですか……？」

「う〜ん、不思議なくらい怖いとは思わなかったな。この生活の先に待っているのが死だというのなら、それはそれでいいという感じだった。ミト君、僕はそこでね、生まれて初めて自分が生きている意味みたいなものを考えたんだ。まずはお迎えうさぎを見つけてその役目を知ることで、それはもう達成した。君と出会う前はそれだけだったんだけど、今はもう一つ見つけたんだよね、生きる意味を」

とっておきの秘密を打ち明けるように、神孫子は指を一本立てる。

「それは僕がずっとおろそかにしていたもの……誰かとちゃんと向き合って、その人を好きになって、その人のことを大切にしてあげること。自分のためではなくその人を守るためにできる限りのことをしてみたい。そしてそこから得られる喜びを思い切り享受してみたい。おそらくそれによって僕の人生は豊かに満たされるはずだし、たとえそれが人より短いものであったとしても、死ぬときにはこう言えると思ったんだよね」

『そのとき』にはきっとこんなふうに笑うのだろうという清々《すがすが》しい顔で、神孫子が告げる。

「とても幸せな、いい人生だったって」

堪えていた涙が溢れ出して頬を伝った。

「先生は馬鹿です……ホント大馬鹿ですよっ」

「いやいや、自分ではものすごく賢くなったと思ってるんだよ。人にとって何が一番大切なのかということが、ちゃんとわかるようになったんだから」

ポロポロと涙を落とすミトを神孫子は困ったような微笑で見つめながら、その手を伸ばし頬に触れてくる。

「駄目です、俺に触らないでくださいっ！」

振り払う。それでも懲りずに触れてくる手が涙を優しくぬぐう。

「君と別れて一人長生きする人生よりも、君と一緒に毎日笑っていられる短い人生のほうが僕にとってはずっと価値がある。だから僕のためを思うなら、どうかこのままそばにいてほしいんだ。これまでどおりいっぱい触れ合って、遠慮なく僕のパワーをもらってほしい」

振り払っても振り払っても触れてくる指が、ぬくもりとともに彼の想いの深さを伝えてくる。

「だ、だけど、そしたら先生が……っ」

「大丈夫だよ。僕の体のことは僕が一番よくわかる。これでも結構丈夫なほうでね。そんなにすぐミイラになったりしない。この数日はたっぷり休んで充電させてもらったし、ミト君にまだまだパワーを分けられるよ」

神孫子はミトの両頬を挟むようにして顔を上げさせる。愛しげに笑むその顔があまりにも穏やかさに満ちて幸せそうで、ミトはもう何も言えなくなってしまう。さっきまで激しく渦巻いていた怒りと悲しみが徐々に引いていき、自分のために命を削ってくれていた人への胸苦しいほどの愛しさが取って代わる。

「ミト君に安心してもらうために、今夜はいつもよりたくさんミト君に触れたいんだけど、どうかな？　証明してあげたいんだ、僕はそう簡単には死んだりしないって。ミト君と話したいことや行きたいところがまだいっぱいあるからね」

「俺にいっぱい触って、ミイラになっても知りませんからね」

涙声で言い返した。

もう拒否することはできなかった。そんなことをしたら死んでしまうかもわからない当人が、あまりにも嬉しそうな顔で触れたいと言っているのだから。

愛しい人はアハハと笑う。

「ひからびた僕でもミト君は変わらず好きでいてくれるかい？」

「当たり前ですよっ」

ミトも笑う。泣きながら笑って見せる。

神孫子が顔を寄せてきて、目を閉じた。唇が重なり合い胸が切なさに震えた。

二人で寝室に移ると一枚一枚丁寧に服を脱がされて、布団の上に横たえられた。

「ミト君、怖くない？」

「怖いです」

正直に答える。

ミトもこの四日は家でおとなしくしていたのでパワーはほとんど減っていなかったけれど、神孫子に触れられるのが今は怖かった。

いや、触れられること自体は嬉しい。人間の恋人のように愛してもらえるなんて本当に夢のようだ。恐ろしいのは愛し合うことで神孫子のパワーを吸い取ってしまうことだった。

「先生、俺にあまり触らないようにしてください。できるだけパワーくれないように」

「う〜ん、それはちょっと無理な相談だよ」

ミトの肩から腕にかけて撫でながら神孫子は困ったように笑う。

「これまで自分に性欲なんかあるのかと疑ってたくらいだったけど、今未知の衝動にうろたえているところだよ。ミト君の体が綺麗すぎるのがいけない。君は本当にたくさんの新鮮な感情を僕に教えてくれるよね」

そう言いながらもミトが不安がっているのがわかるのか、神孫子は労わるように少しずつ触れてくれる。首筋から鎖骨、そして胸へと指がはねるように移動し、その後に唇で軽くついばまれる。鳥の羽根でくすぐられるような最小限の愛撫《あいぶ》でも十分感じてきてしまい、ミトの鼓動も速くなってくる。

「せ、先生……っ」

「うん、何?」

「具合が悪くなったら、すぐやめて……あっ」

胸の先をちゅっと吸われそうっと指で転がされて、じわじわとくる気持ちよさに身をよじってしまう。神孫子が笑う気配に頬が熱くなるが、甘い感覚が勝手に体の中心に集まってきてミトはあわてる。

「大丈夫だから心配しないで。むしろ僕がミト君からパワーをもらっている気分だよ」

ミト自身、人間体のとき自分が性欲を感じるのかなんてわからなかった。でも、心配することはなかった。神孫子に触れられるとちゃんと気持ちがいい。

大好きな人の愛撫に普通に感じて応えられることが嬉しい。嬉しいけれど、怖い。そして、切なくて苦しい。

(先生、ごめんなさい……でも、これで最後だから……)

ミトは心の中で謝った。

神孫子は今までと変わらずそばにいてほしいと言ってくれた。ミトもそれを受け入れた。けれど、本当のことを知ってしまった今、やはりそれは無理だ。神孫子の生気を吸い取り死期を早めているると知りながら、これまでどおり笑顔で隣にいることはミトにはできそうもない。

渚を無事に送ることができたら、ミトは神孫子に別れを言おうと決めた。神孫子はきっと寂しがるだろう。それでもいいからそばにいてくれと言うだろう。

でも、とミトは思う。

神孫子はもう大丈夫だ。今はミトが彼のもっとも近くにいる存在だから離したくないと思っているだろうけれど、人を好きになる気持ちを知った彼はきっとまた誰かを好きになれる。そして、笑えるようになる。普通に人間の恋人ができ、この先何十年もその人と寄り添って暮らしていけるだろう。

（大丈夫ですよ……）

そばにいられるのが自分だったらいいなと思ったけれど、ほかの誰かでもいい。神孫子が幸せでいられるのなら、ミトはそれでいい。

（一生一人で長生きする人生、なんて、そんなことにはならないですよ、先生……）

神孫子はきっとまた一人ではなくなる。大切な人ができる。ミトが大好きになった優しくて魅力的な人を、周りの人間が放っておくはずがないのだから。

お迎えうさぎの自分と人間の神孫子、結ばれるわけがないと思っていた。最初から別れるつもりだった。今またそこに戻っただけだ。

恋人として愛された記憶がほしいというのはミトのわがままだ。神孫子を危険にさらしてでも彼と触れ合いたいと願ってしまうことに自己嫌悪を覚えたけれど、その思い出があればミト自身も大丈夫だと思えた。

ミトはきっと、この先もずっと、神孫子だけを想って生きていくけれど。

「先生……大丈夫、ですか？　つらくないですか？」

体中にキスの跡をつけられもじもじと身悶《みもだ》えながら、ミトは掠れ声で問いかける。神孫子がクスリと笑う。

「ミト君は少し心配しすぎだよ。怖がらなくていいから、もっとリラックスして」

「は、はい」

神孫子に微笑み返しながらも、ミトは秘《ひそ》かに涙を堪える。もし自分が普通の人間だったらどんなに嬉しかっただろうと、考えても仕方のないことを思う。

(だけど、俺がお迎えうさぎだったから、先生は心を開いて好きになってくれたんだよね)

だとしたらやはり、お迎えうさぎでよかった。うさぎの自分にしかあげられない思い出をいっぱい作れたのだから。

「それにしても、ミト君の体は本当に人間そのものなんだね。僕が触れるとちゃんと感じてくれているし……」

神孫子が感心したように溜め息をつく。

「霊を探すのに情報収集しなきゃいけないのと、霊を驚かせないようにってことで、本物の人とすっかり同じ体になれるんです。特に俺、中身も人間っぽいってよく言われてました」

最初は怖がらせないように遠慮がちに触れていた指は、今愛しげにミトの体を撫でている。神孫子も高ぶっているのかもしれない。おずおずと見上げた彼の瞳はわずかに熱を帯び、声にも甘さが混じっている。

神孫子の体に負担がかかってはいけないとはじめは嫌々をするばかりだったミトも、気持ちよさに頭がぼうっとしてだんだんと抵抗できなくなってきている。

「君のここに触れたら、もっと気持ちよくなるかな？」

胸にキスをされているうちに、すっかり硬くなり勃《た》ち上がっていた中心を指先で撫でられて腰がはね上がった。からかっているわけではない、大真面目な顔の神孫子の質問に頬がますます火照《ほて》ってくる。

「お、俺、わかんないです。だけどそこ、触らないほうがいいかもしれません」

「どうして？」

「だって、そんなとこ触ったら先生が……っ」

「ひからびたりしないから」

神孫子は笑って体をずらすと、すでに先端を透明な蜜で濡らしているミトの中心をためらわず口に含んだ。

「えっ！　や、やだ……っ！」

うろたえるほど感じてしまって、ミトは悲鳴のような声を上げる。気持ちよすぎて腰が勝手に揺れ始める。そんなこと駄目と伸ばした両手は神孫子の頭を押しのけるどころか、逆に抱えこんでしまった。

「せ、先生っ、駄目です……っ、駄目っ！」

暴れるミトの腰をしっかりと押さえつけ、神孫子は口での愛撫を続ける。ミトの中心を深くくわえこんで舌や上顎でこすり刺激を送ってくる。

危ないのに、恥ずかしいのに、やめてほしくない。気持ちよくて嬉しい。理性がどこかにいってしまって、頭の中が真っ白になっていく。

「出そう……っ、先生俺、なんか出ちゃいそう……っ！」

神孫子の口の中に出してしまったら、飲みこんだ彼が一瞬にしてミイラになってしまうのではとミトはあわてた。だが神孫子はどいてくれず、宥《なだ》めるようにミトの腰を撫でながらそのまま中心を吸い上げる。

「やあああっ……！」

たまらず声を上げ、ミトは愛蜜を吐き出してしまった。

霊が天国に昇っていくときというのはもしかしたらこんな感覚なのだろうか。ふわりと体が浮いて、キラキラした光に包まれる感じだ。夢心地の中、ミトは神孫子に手を差し伸べる。

「先生、大丈夫……？　大丈夫、ですか……？」

恍惚《こうこつ》としながらも神孫子を気遣うと、力強い両手がすぐに抱き締めてくれた。

どうやら大丈夫なようだ。彼も自分も、まだちゃんと生きている。

「大丈夫だよ、ミト君。何度も言うけど、僕はまだまだ死んだりしない」

ミトは恐る恐る手を伸ばし、指先だけをそっと神孫子の額に当てた。

「熱、ないです」

「うん、ないよ。だから安心して」

大丈夫。安心して。心配しないで。

かけられる優しい言葉がミトの不安を徐々に消していってくれる。

「よかった……ミト君をちゃんと達《い》かせてあげられた。こういったことにはやはりある程度の経験が必要なのかと思っていたけれど、好きな人相手なら未経験でも自然となんとかなるものなんだね」

ミトの髪をすきながら、神孫子は本当に嬉しそうに微笑む。こういう場面での台詞《せりふ》としては甘くもかっこよくもないのに、素直に胸に沁みてミトも嬉しくなる。笑おうとするが難しい。どうしても泣き笑いになってしまう。

こんなふうに照れて見つめ合いながら、これからもずっと一緒にいられると思っていたのに……。

（もっと、先生と近くなりたい……ホントの恋人になりたい）

人間の恋人同士は体をつなぎ合って新たな命を作ることをミトも知っている。神孫子とミトは同性だけれど、つながり合うことできっと愛を確かめられる。

でもそんなに深く接してしまったら、ただの触れ合いとは比べものにならないくらい神孫子の体に負担をかけてしまうのではないだろうか。

神孫子の額や頬に指を触れさせ、発熱ややつれがないのを確かめる。何度確認しても心配はなくならない。

「先生」

「うん」

「普通の恋人同士みたいに、俺たちも、したら……どうなるかな……」

消え入りそうに不安な声はちゃんと神孫子に届いたようだ。神孫子はハハッと笑って愛しげにミトを見つめると、唇に軽くキスをして言った。

「もちろん、素晴らしく嬉しい気持ちになるに違いないよ」

死んだりしないよ、とか、ひからびたりしないよ、ではなく、嬉しい気持ちになると即答して神孫子は明るく笑う。そんなこと当たり前だろうと言わんばかりに。

「心配じゃない、ですか？　怖くない……？」

「怖いのは体がどうにかなることじゃなくて、心が死ぬことだよ」

——君がいなくなることだ。

囁《ささや》いて、神孫子はさっきよりも深い口づけを落とす。

こみ上げてくる涙を堪え、ミトは瞼《まぶた》を伏せる。嬉しい。

不安だけれどそれ以上に、神孫子とつながりたいと思った。もし彼と一つになれたら、その思い出だけでミトは生きていける。この先の、何百年あるかもわからない長い時間を一人で歩いていける。

「ああ、なんだかまた柄にもないことを言ってしまったな」

大好きな人が少し照れたように微笑み、ミトの目をのぞきこんだ。

「しようね、ミト君。ここで嫌だとは言わないでほしいな。ミト君が欲しくて、僕の体もすでに変化してしまっているから」

そう言って神孫子はミトの手を取り自分の中心へと導いた。服の上からでもそこが硬くなっているのがわかり、ミトの頬は熱くなる。

求められる喜びがゆるやかに湧き上がる。本当はもっとちゃんと触れて確かめたいけれど、ミトはそっと撫でるに留め、手を離した。

「うん。俺、先生にも気持ちよくなってほしいです」

「気持ちよくなるのは、君と一緒にだよ」

神孫子はこれからもミトとともにいることを約束するために、ミトは最後の思い出を作るために一つになる。互いの理由は違うけれど、根っこのところは同じだ。

二人とも、お互いのことが大好きだからつながりたいのだ。

神孫子が着ているものを手早く脱いでいく。思ったよりもしっかりと筋肉がついているのはフィールドワークで自然と鍛えられたからだろう。

「ミト君は、怖くない？」

「はい、怖くないです。先生が嬉しいなら、俺も嬉しいから」

怖いとしたら一つだけ。愛し合っている最中に神孫子の生気をすべて吸い取ってしまうことだけれど、そうなったらミトもここで消滅しようと決める。自分のパワーが尽きるまで、動かなくなった神孫子の体を抱き締めていよう。

ミトの緊張を解くように体を撫でながら、神孫子が脚を開かせる。彼とつながる所――後ろの蕾《つぼみ》を受け入れやすいようにしてくれる。何かやわらかいものを塗ってゆっくりと解《ほぐ》される感触は不思議で、不快な感じではない。

「ミト君、大丈夫？」

「大丈夫です。先生は？」

「僕も大丈夫だよ」

何度も同じ会話を繰り返す。魔法の薬のように効く言葉を投げ合って、目を見交わし微笑み合う。そのたびに、怖さより嬉しさのほうが増していく。

人間の、男同士の性交には念入りな準備が必要なようだ。すぐ終わってしまうようなものでなくてよかったと思う。少しでも長く神孫子と触れ合っていたいから。

体の中に入ってくる神孫子の指を感じながら、嬉しさよりも切なさが勝ってしまわないように、ミトは必死で耐えていた。今泣き出したりしたら神孫子がやめてしまうかもしれない。彼はまたの機会まで待つと言ってくれるだろうが、ミトにはもう次はない。

神孫子の指が深く入りこんだ。触れる部分から痺《しび》れるような快感が伝わり、全身を甘く包む。

「先生も、嬉しいですか……？」

吐息交じりの声で問いかけた。

「嬉しいよ。嬉しくて仕方ない。大切な人とこんなふうに愛し合える日が来るなんて、想像もしていなかったからね」

「俺もです。思ってもみなかった、です」

神孫子の瞳に微笑んでいる自分が映る。どこか泣きそうだけれど幸せそうな顔。

この人を好きになれて、本当によかった。

「ミト君、つらかったら言って」

神孫子がおおいかぶさるように体を寄せてきた。後孔に彼の熱が押しつけられ、ミトは全身の力を抜き、控えめに両手を差し伸べて神孫子の背にそっと回した。

少しずつ、愛しい熱が埋めこまれていくのを感じる。いつも神孫子にパワーをもらっているときのように、じんわりと心地よく内側が温まってくる。

「あっ……せ、先生っ、だい、大丈夫……っ？」

「大丈夫だよ。ミト君こそ……っ」

「だ、大丈夫……っ」

押しこまれるような感覚は正直楽ではない。でもそれ以上に喜びのほうが大きい。神孫子自身が入ってくるごとに、二人の体が溶け合い完全に一つのものになっていく感じがする。

「先生っ……せんせ……っ」

好き、と言いたいのにもう声にならず、回した手で背を撫でて伝える。触れてはいけないとわかっているが、好きすぎてもう止まらない。

「ミト君……っ」

神孫子も何度も名を呼びながらミトの腕を撫で返してくれる。目を開けると、いつもの穏やかな彼とは別人のように熱っぽく男らしい美貌が映り、ミトの胸は甘く高鳴った。

己をすべてミトの中に沈めた神孫子が動きを止め、労わるように頭を優しく撫でてくれる。大学のそばで初めて会ったときもそうやって撫でてもらったことを思い出し、涙がこぼれそうになった。

「先生、気持ち、いいですか？」

「ああ、すごく気持ちいいよ。君は、つらくない？」

「つらくないです。俺も、気持ちいいですよ」

きつかったのは最初だけで、今はつながった部分からじわじわと心地よさが広がってきている。性別など関係なく、人の体はちゃんと大好きな人と気持ちよくなれるようにできているのだ。

嬉しすぎて、でも最後だと思うと切なくて、どうしても泣きそうになってしまうのを我慢して笑顔を作る。神孫子も包みこむように笑い返してくれる。

ミトを傷つけないように神孫子がゆっくりと体を動かすたびに、彼を近くに感じられ絆が強くなる。たとえ体が離れた瞬間に永遠に別れることになったとしても、彼はもうミトの一部だ。記憶から消えることはない。

(渚さん……)

どこかにいる、もう他人とは思えない人に呼びかけた。

(ごめん、俺、先生のそばにいてあげられなくなったけど、これからは一緒に先生の幸せを祈るよ……)

渚はきっとわかってくれる。だって彼は誰よりも、神孫子の幸せを祈ってくれていた人だから。

「先生、ずっと、大好きです……っ」

大好き、と何度も言いながらしがみつくと倍の力で抱き返される。

「僕も、ミト君が大好きだよ」

甘い声で囁かれ体も心も熱くなってきて、ミトは神孫子と一緒に達した。ついにこぼれてしまった涙を神孫子の唇が優しくぬぐってくれた。

＊

翌日はあいにくと陰鬱《いんうつ》な曇り空だった。夜半からは雨が降り出す予報が出ており明日以降の山歩きは厳しそうなので、延期せずに出かけることにした。

「ミト君、本当に大丈夫かい？　朝から少し元気がないようだけど」

ハンドルを握った神孫子に心配そうに顔をのぞきこまれ、ミトはあわてて笑顔を作った。

「大丈夫ですよ！　元気もりもりです。あ、でも、渚さんに会えるかもしれないからちょっと緊張してるかな」

体は万全だ。昨夜神孫子に愛された名残が甘いだるさとなって留まっているけれど、それはむしろ心地よい疲れだ。心配していた神孫子の体調も本人が言っていたとおり大丈夫そうだ。熱もなく動作もきびきびしているし、嘘をついて無理をしている様子はない。

どうしてもふさいでしまうのは、ミトの心のほうだった。

今度こそきっと渚に会える。そうミトは信じている。神孫子や小林に彼の言葉を伝えて、天国に送ってあげられるのは嬉しい。でもその後、ミトは神孫子と家には戻らず別れを告げ、そのまま月に帰るつもりでいた。一緒にいて神孫子を危険にさらす時間は少しでも短いほうがいい。

（先生と二人でいられるのも、これが最後なんだ……）

できるだけ二人の時間が長く続いてほしいと思っているけれど、平日の昼間で渋滞もなく車はスムーズに走っている。小林と待ち合わせているふもとの駐車場に約束の時間までには着けそうだ。

「ミト君、もしも渚君に会えなくとも気落ちすることはないからね」

神孫子はミトが沈んでいる理由をそのことだと思っているようだ。手を伸ばし、髪を撫でてくれる。

「家にある資料をもう一度見直しながら、焦らずまた捜せばいい。それに渚君の霊はいなくとも、何か新しい発見があるかもしれないし」

「うん、ですね」

神孫子を心配させたくなくて力強く頷いたが、正直不安がないとは言えなかった。

会えると確信しているけれど、もしも本当に渚の霊がおらず何の痕跡も見つけられなかったらどうしよう。もう神孫子と一緒にはいられない以上、その後は別々に渚を捜すことになるかもしれない。ただそれをどうやって神孫子に伝え、納得してもらえばいいのだろう。

（駄目だって、弱気になっちゃ。渚さんと絶対会えるって信じないと）

ミトは小さく首を振って拳をぎゅっと握った。

「もうすぐだよ。時間通りに着きそうだね」

気づけばいつのまにか山道に入っていた。篠土山はそれほど高さはなく登山には手頃な山だ。紅葉シーズンとなるとそこそこ人も訪れるようだが、山道が未整備で危険な場所も多いためあまり人気はないようだと神孫子が教えてくれた。初夏にしては少し肌寒い曇り空の今日は、きっと自分たち以外の登山者はいないだろう。

前方に開けた場所が見えてきた。おそらくそこが駐車場だ。その先は車では入れず足で登ることになる。

車影のない駐車場の隅に一台見覚えのあるバイクが停まっており、寄りかかるようにして若い男が立っていた。

「小林君だ」

自分を殴り倒した相手なのに神孫子の声はむしろ嬉しそうだ。

神孫子はバイクの隣のスペースに車を停め、ミトを促して降りた。

「遅《おせ》えよ」

まだ待ち合わせ時間前なのに小林は文句を言い、嫌そうな顔で二人を眺め、「ペアルックか」とつぶやいた。

今日の神孫子とミトはフィールドワーク用の作業着だ。最初に会った夜に神孫子が着ていた店のもので、揃《そろ》いの恰好《かっこう》である。ちなみにミトのジャケットはあの夜神孫子にもらったものなので少し大きく、袖をまくっている。

ちなみに小林もさすがに今日は普段のロック系スタイルではなく、登山向けのアウトドアウエアなのが新鮮だ。傍目《はため》には、三人は仲のいい若者グループのハイキングといった感じに見えるだろう。

「待たせてすまなかったね。それと、ありがとう」

そっけない小林の態度に構わず、神孫子はにこやかに話しかける。採石場跡で会ったときのような硬さはもうない。

「何だ？」

小林は思い切り眉を寄せたが、以前のような憎しみや怒りはその目には見えなかった。

「渚君の遺品を貸してくれたこと。心から感謝しているよ。おかげで僕も渚君自身や彼の研究のことをより知ることができた。この数日はずっと渚君と向き合いながら、彼のことを偲《しの》んでいる」

小林はチッと舌打ちする。

「どうせ俺が持っててもわからねぇもんが多いからな。それに、誤解すんな。あんたに貸したんじゃねぇ。そいつがどうしてもって頼むから仕方なくだよ」

そいつが、とミトのほうに顎をしゃくる。

「ですね。小林さん、俺からもありがとう。俺日記何度も読んで、渚さんのこと前よりもっと身近に感じられるようになりましたよ」

そして、資料のファイルを見て重要なことを知ることができた。知らないでいたら一生後悔しただろうことを。

「そりゃよかったな。ただ、あんたにひと言言っとくぞ」

小林はペコッと頭を下げるミトに面倒くさそうに片手を振って、神孫子に向き直る。

「俺はまだ渚が自分から飛び降りた可能性を完全に捨てちゃいねぇからな。あんたの役に立とうと思ってここに来たが、当てがはずれて発作的に飛び降りたってこともあり得る。だから馴《な》れ合う気はねぇぞ」

「小林さんっ」

「ミト君、いいんだ。わかってるよ、小林君。僕も今は、渚君がそのときどう思っていたのかが知りたい。以前は向き合うのが怖かったけれど、彼のおかげで変われたんだ」

神孫子の手が肩に乗せられる。見上げると優しく微笑まれ、嬉しさがじんわりと胸に満ちる。

「今日はそれを知るためにここに来た。どんなことがあっても逃げずにちゃんと受け止めたいと思う」

小林は鋭かった目をわずかに開いて神孫子とミトを見つめていたが、もう一度舌打ちして身をひるがえした。

「行くぞ。時間が惜しい。結構きつい道だがへたばるなよ」

スタスタと先導していく背中をあわてて追いかける。ミトは神孫子と顔を見交わしクスッと笑った。

小林もきっと、神孫子が以前とは違うことを感じてくれたのだろう。渚の死に関して神孫子に責任がないのは認めていながら、これまでのことをなかなか謝りづらいのかもしれない。ミトだけではなく神孫子にもそれは伝わったようだ。

（よかった……。俺がいなくなっても小林さんがいてくれれば……）

渚と深い絆を結んでいた者同士、二人は仲良くやれるかもしれない。渚のことを語り合える友がいてくれれば、神孫子はひとりぼっちにはならないだろう。

ミトは頷き、さっきまでよりは明るい表情になって小林と神孫子の後に続いた。


整備されていないとは聞いていたが、のんびりハイキングとはいかない、なかなかに険しい道だった。鬱蒼《うっそう》とした木々の中、急勾配の道ならぬ道が果てしなく続く。行く先は木でふさがれているので見通せず、ぼんやり歩いていると片側が急斜面だったりする。

「先生、大丈夫ですか？」

「僕は大丈夫だよ。ミト君こそ。おぶってあげようか？」

「俺平気です。俺も先生のこと背負って行けますから、いつでも言ってくださいね」

互いの体調を気遣い合うミトと神孫子を、先導する小林が顔をしかめて振り返る。

「おい、頼むから二人してギブアップすんなよ。俺はおぶってやらねぇからな」

これだから文系のヤツらはとブツブツ言いながらも、小林はさりげなく二人を気にしつつペースを合わせてくれている。

「お兄さん、まだ遠いんですか？」

「おまえがお兄さん言うな。あと一キロってとこだな。一般のハイキング道は反対側になるから、こっちの道はほとんど誰も使わないらしい」

「だろうねぇ。こんな険しい道を渚君は一人で登ったのか……。心細かっただろうに」

「あいつはくそ度胸があったからな。こうと決めたら周りが見えなくなるっていうか、とにかく頑固だった」

「確かに。きちんとした性格だったし、しっかりしていたよね。僕はずぼらなほうなのでしょっちゅう叱られたよ」

「細かいとこまで口うるさくてな。基本世話焼きだったから、あんたみたいなへにゃへにゃした頼りないのを放っておけなかったんだろ」

「おや？　たまに彼、『兄がいい加減だから』とぼやいていたような気がするけど」

「んなわけねぇだろっ。……てか、そこ！　何ニヤニヤしてやがるっ」

二人のやり取りを聞きながらつい笑みを漏らしてしまっていたミトは、「すいませんっ」と首をすくめる。

（渚さん、俺いなくなっても、きっと先生大丈夫ですよね？）

心の中で問いかけるが応えはない。渚はちゃんと近くにいてくれるのだろうか。

「着いたぞ。あそこだ」

足を止めた小林が前方を指差した。ミトは思わず目を瞠《みは》る。

「あのへんから落ちたらしい」

「えっ！　あんな所から？」

思わず神孫子を見た。神孫子は悲痛な顔で頷く。

途切れた木々の先に一メートルほどの幅の細い道が延びている。右側は切り立った岩壁、左側は下を見ると足がすくんでしまうくらいの急斜面だ。高所恐怖症の人間だったらしゃがみこんでしまうかもしれない。

道の先は森で覆われており、その道がさらに続いているのかすらわからない。

「ここで、お迎えうさぎを見たっていう人がいたんですか？」

「うん。渚君が亡くなる半年ほど前、やはりその崖から転落して亡くなった方のご遺族だよ。お供えの花を持って来られたときに見たと。一度僕も渚君と来て、そのときには何も見えなかったんだ。お迎えうさぎも、その人の霊も」

「でも渚さんは何か思うところがあって、またここに来たんですよね……」

ミトは二人を押しのけて前に出た。

お迎えうさぎであるミトは高い所も全然平気だ。ときには一人で旅立つのが不安だという霊の手を引いて、天国まで連れて行ってあげることもある。足を滑らせればまっさかさまに落ちていくだろう崖も怖くはないはずなのに、なぜか全身が強張ってくるのを感じた。

(なんで……？　俺、あそこに、行きたくないかも……)

理由がわからない。けれど明らかにミトは不安を覚えている。あの道に近づきたくないと思っている。

「ミト君、どうかしたかい？」

ミトの表情の変化に気づいたのだろう。神孫子が背を撫でてくれる。強張りが少しやわらいだ。

「あ……何でもないです。先生俺、もうちょっと近くに行ってみますね」

「ミト君っ」

「おい、気をつけろ」

気遣う二人に手を上げ、ミトは前へと踏み出した。岩壁に手をつきながら慎重に進む。

(渚さん……渚さん、どこですか？)

心の中で呼びかけながらその姿を捜す。

会えると信じてやって来た。渚はきっとここにいるはずだ。根拠はないが、お迎えうさぎの勘はよく当たる。

（どこにいるんですか？　俺たち、会いに来ましたよ。先生とお兄さん、渚さんに会いたがってますよ）

すべての感覚を集中させて気配を探る。渚が同じ地を踏んだかもしれない、同じ岩壁に手をついたかもしれないと意識して触れていく。

高所には強いミトが一歩進むごとにぞわぞわと怖くなってくるのは、渚に共感しているからではないのか。近くにいるのは確実なのに姿が見えない。渚以外の霊も、仲間のお迎えうさぎも、何も……。

「ミト君、僕には見えないけど、何か感じるかい？」

すぐ後ろから神孫子の声が届いて来る。振り向くと二人ともついて来てくれている。その表情が硬いのは、こんなところから渚は落ちたのかと想像して胸を痛めているからだろう。

「俺にも見えないんですけど、でもなんとなく、渚さんの気持ちわかる気がして……もうちょっと待ってください」

ゆっくり時間をかけて道の突き当たりまで進み、また引き返す。心の中で渚を呼びながら手掛かりを探す。

ミトはだんだんと焦ってきていた。あともう少しで手が届きそうなのに届かない。そんな感じなのだ。

崖のほうに体を向ける。ところどころ突き出ている太い枝で視界が遮られているが、相当な高さがありそうだ。

（ここから、俺も飛び降りてみたら……）

どうなるだろう、とふと思った。『そのとき』の渚と共鳴できる可能性はあるが、以前人間体のままうさぎ体のときと同じ感覚で高い場所から飛び降りたら足を捻挫してしまったことを思い出した。おそらくこの体で飛び降りればただではすまないだろう。

「ミト君、おかしなことを考えてないだろうね？」

神孫子の珍しく厳しい声が届き、ミトはハッとする。たとえ死んだりしなくとも自分が渚と同じ場所で飛び降りたりしたら、神孫子も小林も深く傷つくだろう。そんなことは絶対にできない。

「先生、大丈夫です。ごめんなさい、もうちょっと時間くださいっ」

ミトはもう一度、丹念にそこここに触れながら渚の気配を捜し始める。

「まずいな。雨だ」

小林の舌打ちが聞こえ、手のひらを差し出すとポツリと冷たいものが当たった。

雨が降り出すと地面がぬかるんで足もとが危なくなる。崖を調べるどころか下山も危険を伴うだろう。

「ミト君、今日はここまでにして天気のいい日にまた出直そう。もうずいぶん捜しているけれど、渚君はどうやらいないようだし」

「だな。日を改めればまた何か発見があるかもしれねぇぞ」

二人の言う通りだ。確かにもう相当長い時間捜している。これ以上続けても何かあるとは思えない。ミトの思いこみで神孫子と小林を危ない目にあわせるわけにはいかない。

（ホントに、もうちょっとなのに……）

梅雨の先触れの雨はこれから数日降り続く予報だ。けれど、ミトは四日後には月に帰らなくてはならない。

（お願い……っ）

最後の願いをこめて視線を巡らした。

灰色に曇った景色の中、キラリと白いものが光ったように見えた。崖の斜面にほんの少しだけ頭をのぞかせているその白い花を目にした瞬間、ミトの心臓がドクンと大きく打った。

（……見つけた！）

足が勝手に前に出た。自分で体を動かしているような気がしない。心の中にずっといた誰かがミトと入れ替わって、勝手に動いている感覚だ。それなのにまったく違和感がなく、ミトはその誰かと完全に同化している。

採石場跡のときと同じだが、それよりももっと強い結びつき……ミトは今、渚とほとんど一体になってしまっていた。

いや、違う、そうではない。『ミト』がなくなって、『渚』に戻って行く……そんな感覚に支配され……。

（あのときも、見つけたんだ……！）

あのとき……お迎えうさぎの痕跡を求めて一人でここに来た。転落して亡くなった人の霊は一時ここに留まっていたのかもしれない。けれど神孫子と一緒に来たときは気配すら残っていないどころか、一帯が清浄な気に包まれているような感じがした。

（あそこに、咲いてるのは……っ）

——ミト君！

神孫子の心配そうな声がやけに遠くで聞こえている。それでもミトの足は止まらない。雨で少し湿り始めた道を躊躇《ちゅうちょ》なく進む。

「あった……！」

急斜面の、精一杯手を伸ばしてやっと届くかどうかという場所に、銀白色の百合が一輪慎ましやかに咲いていた。求めていたものを見つけた昂揚感《こうようかん》がミトの胸をいっぱいにする。あのときと同じ喜びが、ミトを——ミトの中の渚を、過去に引き戻す。

（先生、見つけましたよ！）

戻って神孫子に教えよう。そして二人でまたここに来よう。

おそらくこの花はお迎えうさぎが残した花だ。うさぎがいたことの証《あかし》だ。何のための花なのかはわからない。でもこんなに美しく清らかな花を咲かせるお迎えうさぎが、悪いものだとは到底思えない。

神孫子の考えはきっと正しい。お迎えうさぎは霊にとってとても優しいものに違いない。

神孫子は喜んでくれるだろう。よくやったと抱き締めてくれるかもしれない。大好きな笑顔をいっぱい見せてくれるに違いない。

とりあえず写真だけでも、とカメラを向けた。遠い。その場に腹這《はらば》いになった。少しでも近くで撮りたいと、思い切り身を乗り出した。

そのとき、体の下の地面が崩れた。

「っ……！」

急速に落ちていく感覚に、死ぬのだと悟った。

たった一人の家族の顔が浮かんだ。

（兄ちゃん、ごめん……）

彼が泣くところは想像できなかったけれど、自分が死んでもあまり泣かないでほしいと思った。兄はモテるので誰かがついていてくれるだろうが、誕生日を一緒に祝えなかったことが心残りだ。

兄の面影が薄れ、自分が死んだらひとりぼっちになってしまうかもしれない人の顔が浮かんだ。

(先生、ごめんなさい……)

一緒にいたかった。好かれなくてもいいから、ずっとそばにいたかった。

お迎えうさぎについての発見を聞いてほしかった。いっぱい喜んでもらいたかった。

(ああ、悔しいなぁ……)

こんなことならびっくりさせようなんて思わないで、わかったことは全部話しておけばよかった。でもきっと、自分が調べられるくらいのことなら神孫子もいつか気づくに違いない。その喜びをもう分かち合えないのは残念だけれど……。

下に落ちるまでの時間なんてほんの何秒かだろうに、こんなにいろいろなことを考えられるものなんだと驚く。人は死ぬ前の一瞬で、それまでの人生であったことのすべてを思い出せるのだろう。

たくさんの嬉しかったこと。たくさんの楽しかったこと。悲しいことやつらいことは、きっと神様が思い出さなくていいようにしてくれている。

大切な記憶のほとんどは神孫子のことだ。神孫子と会えてよかった。毎日が楽しいことばかりだった。

(先生、ありがとう……)

できれば次に生まれ変われるなら、お迎えうさぎになりたい。明るくて、周りの人を幸せにするような可愛い性格のうさぎになれたら、今度は神孫子に追いかけてもらえるだろうか。

（これまでは俺が追いかけてばかりだったけど、それも楽しかったな……）

知らず微笑んでいた。閉じた瞼に浮かぶのは神孫子の笑顔――最後まで見ることが叶《かな》わなかった、心からの笑顔だった。

「ミト君！」

「おい、しっかりしろっ！」

地面に叩きつけられる前に、揺さぶられ呼び覚まされた。

ハッと目を開けると、神孫子と小林が両側から青い顔を強張らせて名を呼んでいる。二人がミトの両腕をそれぞれ痛いほど摑んでいるところを見ると、花に手を伸ばし落ちそうになったのを引っ張り上げられたらしい。

「よかった……！　大丈夫かい？」

「おまえ、危なかったぞ！　無茶すんなよ」

安堵の息を吐く大切な人たちの顔を見、声を聞いて、じわじわと瞳が潤んでくる。ずっとそばにいたのに、まるで一年ぶりに再会したかのような感覚にミトの胸は震えた。

実際、一年ぶりの再会と言っても間違いではなかった。なぜならミトは……。

彼らに伝えなければならない、すべてを思い出したことを。

「ケガはない？　少し気を失っていたようだけど」

気遣ってくれる神孫子にしっかりと頷いて、ミトは立ち上がる。そして正面から二人に向き合った。二人とも、ミトの顔つきが変わったのに気づいたようだ。

「先生、小林さん。渚さん……いました」

はっきりと告げたミトに、二人は目を見開いた。

「えっ、見えたのかい？　どこに……」

ミトは深く息を吐き気持ちを落ち着かせてから、おもむろに口を開く。

「ここに。渚さん……渚は、ここにいます。俺です。俺が渚です」

二人は啞然《あぜん》として声を失う。ミトが何を言い出したのかわからないといった表情だ。

「や……ミト君それは、採石場跡でのときのように、渚君の気持ちに共感できたということ？」

神孫子が困惑しながらに尋ねるのに、ミトはゆっくりと首を横に振る。

「共感だと思ってたけど、違ったんです。失くしてた記憶を取り戻しただけだった。俺ここで死んだ後、霊になって地上に留まらずに、お迎えうさぎにしてもらえたんです。俺が、そうなりたいって強く願ったから……。だからどこを捜しても、渚の霊はいるはずなかったんですよ。だって、俺が渚なんだから」

「ミト君が……渚君……？」

神孫子が呆然とつぶやく。

「それじゃ今の君には、渚君のときの記憶がすべてあると……？」

「はい、全部思い出しました。自分が渚だったときのこと、全部」

「お、まえ、何言ってるんだ……？」

瞳に怒りをにじませながら小林が一歩前に出る。その声は動揺で震えている。

「おまえが渚？　お迎えうさぎって何だよ？　さっき失神したとき頭でも打ったんじゃねぇのかっ？」

「兄ちゃん」

慣れた呼び方で彼を呼び、微笑みかけた。小林は、そんなふうに呼ぶなとは言わない。ただ啞然とミトを見つめている。彼のよく知っている弟と同じ笑い方をするミトを。

「兄ちゃんの誕生日プレゼントはもう決めてたんだよ。スニーカー。エディスのスーパーMX、色は黒。欲しがってたでしょ？」

小林は息を吞む。その目から怒りは消えている。彼がそのスニーカーを欲しがっていたのを知っているのは、おそらく弟だけなのだ。

「一年前、俺がここに来る前の晩、ちょっとケンカみたいになっちゃったよね。また出かけるのかって、兄ちゃん心配してくれたのに俺が言い返して……あれ後悔してる」

「渚……？　そんな……マジなのか……？」

「ごめんね兄ちゃん。俺のせいで一年間つらい思いさせちゃった。でも俺、自分で飛び降りたんじゃないよ。花の写真を撮ろうとしたら地面が崩れて落ちたんだ。そのときも怖いとかはなかったから安心して。ただ兄ちゃんに、ありがとうとごめんねって思ってたよ。あと、あまり泣かないでほしいって」

「な……っ、信じられるかよ、こんなのっ」

小林は否定するように首を振るが、ミトに向けるその瞳は微かに潤んでいる。目の前に立っているのがまぎれもなく彼の大切な弟なのだと、理屈抜きで感じているのだろう。

「あと、兄ちゃんにお願いがあるんだ。先生と仲良くして。俺、先生のことホントに大好きだったんだよ。兄ちゃんも知ってるでしょ？　俺が夢中になると一直線の性格だって。ストーカーみたいにくっついて回ってたのは俺。先生はいつも優しくしてくれてたよ」

「おまえ、そんなにこいつのことが好きだったなら、つらかったんじゃねぇのかよ？　相手にされてなかったんだろっ？」

「つらいよりも、先生を好きになれて一緒にいられたことだけで嬉しかったんだ。俺がドジって落っこちたりしなきゃ、兄ちゃんと先生はもっと違う出会い方をしてたと思う。だから、ね？」

「くそっ、どうして俺が……っ」

首を振り吐き捨て、小林は乱暴に目もとを拳でこする。

「頼んだよ、兄ちゃん」

ミトも涙で霞む目を瞬《しばた》いて笑顔を作り、今度は神孫子に向き直った。

「先生……」

わずか数時間前には別れを覚悟し、切なさと悲しさをもてあましていたのが嘘のようだ。今気持ちは驚くほど澄んで、落ち着いていた。

「わかってくれましたよね？　俺自殺じゃありません。あれは事故でした。だからもう苦しまないでくださいね」

「ミト君……以前君に、僕の母の話をしたときのことを覚えてる？」

神孫子の瞳はとても静かだった。包みこむように愛しげにミトを見つめてくれている。

「君は言ってくれたよね。母が留まってたのは僕のことを見守っていたかったからだと。そしてこうも言った。僕に母の霊が見えなかったのは、母がそう願ったからじゃないかと。同じことを、渚君も言ってくれたんだよね」

覚えている、というか思い出した。渚としてもミトとしても、同じ話を聞いて同じように答えた。神孫子を少しでも慰めたくて。

「そのときから、二人は見かけだけではなく内面もよく似ているなと気づくことが多くなったんだ。だから僕は、渚君と同じようにミト君にも心惹《ひ》かれたんだろうね」

「先生……嬉しいです。俺実は渚さんに……自分にちょっとやきもちやいちゃったりしてました。馬鹿みたいですね」

笑おうとするが溜まった涙がこぼれてしまいそうになり、ミトは唇を噛む。神孫子が切なげに眉を寄せた。

「ミト君……渚君としての君に、僕は改めて謝りたい。君といたときの僕は、本当に……」

苦しげに何か言いかける神孫子を、ミトは手を上げて止める。

「先生、いいんです。だって俺先生の本当の気持ち、これまでミトとしてそばで聞いてきたんですよ？　もう全部わかってます。ホントに、嬉しかった……」

気づこうとしなかっただけで本当は神孫子が渚を大切に想ってくれていたことを、ミトはちゃんと知っている。本人から改めて聞く必要はない。

「だから今は俺の……伝えられなかった渚の気持ちを聞いてくださいね。俺、先生が大好きでした。片想いでもよかったんです。心から誰かを好きになれるってこんなに嬉しいことなんだって教えてくれたのは先生でした。落ちていく間もね、俺、先生の笑った顔思い浮かべてましたよ。だから俺も、その瞬間まで笑っていられたんです」

溢れてしまった涙をミトはすばやく指先でぬぐい、明るく笑う。

「今の俺の……ミトの気持ちは、もちろんわかってますよね？　前と変わらず先生が大好きですよ！　それでね、渚の願いもミトの願いもすっかり同じです。先生が心から笑ってくれるようになること」

「ミト君待って、君は、もしかして僕とはもう……っ」

青ざめつつ問いかけて前に出ようとする神孫子にミトは答えず、笑顔のまま一歩退いた。

「別れは済んだか」

凛《りん》とした声が届き、三人はハッとそちらを振り向いた。

首もとまできっちりと留めたスタンドカラーの黒いジャケットと黒いスラックス姿の美貌の青年が、岩壁に突き出た岩盤の上から三人を見下ろしていた。

「リロイ……」

「馬鹿が……思い出したりしなければ、何も知らずにこの先も役目を続けていられたものを……」

ずっとミトを見守ってきてくれた憧れの先輩うさぎが柳眉《りゅうび》を寄せる。その口調はミトを責めるというよりは、どこか苦しげな響きをともなって聞こえた。そしてその言葉で、リロイはミトが何者なのかを最初から知っていたのだということが、ミトにもわかった。

「だ、誰だ……？　どっから現れた？」

リロイのことを知らない小林は、いきなり湧いて出た人間味のない青年に動揺している。

「兄ちゃん、大丈夫。その人は俺の先輩で、俺を迎えに来てくれたんだよ。……ですよね？」

振り向いて確認すると、リロイはさらに険しい顔になった。

「どうやらわかっているようだな。小林渚の霊のままお迎えうさぎに変わったおまえは、昇天し魂を浄化され記憶を消去されるという本来の過程を飛ばしてしまっている。人間だったときの記憶や感情を持ったまま、うさぎの役目を続行することは許されない」

ミトは深く頷く。

「はい。もともと俺がお迎えうさぎになりたいと思ったのは、先生とまた会いたかったからです。俺がこの地上で捜したいと思ってた人は、神孫子先生だったたんですね。ちゃんともう一度会えて、生きてた頃のこと思い出して本当の気持ちを話せたんだから、俺の願いは全部叶いました。もともと行くはずだった所に、これで旅立って行けます」

神孫子に伝え損なったことはすべて伝えた。神孫子の気持ちもすべて聞いた。それどころか、ミトとしてもう一度彼を好きになって、愛してもらった。恋人にしてもらった。ずっと抱いていた夢が叶えられた。

もうこれ以上、望むことは何もない。

「おまえがその男と会ってしまったときに、やはり無理矢理にでも引き離すべきだった。おまえはいろいろと問題はあったが、仕事熱心でなかなか見どころのあるお迎えうさぎだったからな。残念だ」

「リロイ……ありがとうございました」

憧れの人にほめてもらったのは初めてだ。胸がじんと嬉しさで満ちる。

苦い顔をしているリロイも本当はわかってくれているのだろう。お迎えうさぎをやめることになっても、ミトが神孫子と再会しすべてを思い出したのを後悔していないことを。そして彼も、手のかかる後輩と別れることを少しは寂しいと思ってくれているだろうか。

「ちょっと、待ってくれないか……っ」

神孫子の声は動揺していた。強張った顔からいつもの穏やかで優しい微笑は消えている。

「ミト君、君はまさか、僕から離れて行こうとしているのか？」

「先生、俺は渚の霊です。もう死んでるんです。だから、これでお別れなんです」

「そんな……っ！」

「俺、先生に嘘ついてました。もしも俺が渚の記憶を取り戻さないでお迎えうさぎのままでいられたとしても、先生とはさよならするつもりだったんです。先生の生気を吸い取りながらそばにいることなんて、俺やっぱりできませんから。だから、全部思い出してちょうどよかったんです」

神孫子は絶句し、ただ首を横に振る。思い残しはないはずなのに、その顔を見てミトの胸は引き絞られるように痛んだ。

「待てよ、話が見えない……どうなってんだ？　おまえまさか、お迎えうさぎだっていうのかよ？　そいつを……連れて行くつもりかっ？」

混乱を隠さない小林がいきり立ってリロイに問いかける。

「そういうことだ、人間。安心しろ。おまえの弟が迷わないよう、この私自ら天まで送ってやる。……さぁ、時間だ。最後の別れをしろ」

ザッと一陣の風が吹き、リロイが本来の姿に戻る。漆黒の毛並みが艶《つや》やかな美しいうさぎがふわりと宙に浮く。

リロイがわざわざ天まで導いて行くのは特に業《ごう》の深い霊ばかりだと聞いている。業が深い、というなら、確かに自分も相当な業の深さかも、とミトは思う。神孫子のことが好きすぎて、彼に好かれたくてお迎えうさぎにまでなってしまったのだから。

業が深いというのは、それだけ人間らしいということかもしれない。ミトはそれを誇りに思う。落ちこぼれうさぎだった自分が、こうしてレジェンドに送ってもらえるのも光栄なことだ。

「なっ、どこ行ったんだっ？　消え……っ」

いきなりリロイの姿が見えなくなり混乱している兄の手を、ミトは最後にぎゅっと握った。

「兄ちゃん、大丈夫だよ。俺、今すごく安らかな気持ち。笑って天国に行けるよ。……体大事にして、元気でね」

そしてもう一方の手を伸ばし、神孫子の手を握る。氷のように冷たい手を、ミトからぬくもりを分けるように握り締めた。

「先生、ホントにありがとうございました！　渚としてもミトとしても、感謝の気持ちでいっぱいです。俺の嬉しいこと、全部先生からもらったものですよ」

まだミトとの別れを受け入れられないのか呆然と言葉を失くし唇を震わせている神孫子の

目から、ひと筋の涙がこぼれ落ちた。彼が誰かのために涙を流すのは、もしかしたらこれが初めてかもしれない。

ミトは離した手を伸ばし、その涙をぬぐった。いつもミトのほうが彼に涙をふいてもらっていたので、最後にお返しができてよかった。

「先生は大丈夫ですよ。俺のことこんなに幸せにしてくれたんですから、またきっと誰かを幸せにすることができますよ。俺、そうなること天国で祈ってますから。俺がいなくなっても、ずっと笑っててくださいね！」

最後に飛びきりの笑顔を見せ、ミトは二人から手を離し後ずさる。リロイを見上げ、頷いた。宙に浮かんだままミトに近づいて来た伝説のお迎えうさぎが、差し伸べたミトの右手を両手で取る。

「小林渚の魂が、大いなる救いをもって永遠の安寧の中に迎え入れられるよう」

凛とした声が厳《おごそ》かに告げ、リロイに引かれたミトの体はゆっくりと、ゆっくりと上昇していく。同時に、肉体がだんだんと透き通っていくのを感じた。このまま次第に、本来の霊の姿に戻って行くのだろう。

もうすべての感情を昇華できたはずなのに二人の顔を見たら泣いてしまいそうな気がして、ミトは空を見上げていた。おそらくすぐに悲しさや寂しさはなくなって幸せな思い出だけに満たされるはずだ。これまで送ってきた霊も、皆そうだったから……。

「っ……！」

ぐいと引かれるような抵抗を感じ、ハッと下を見た。思わず目を瞠る。

「駄目だっ！」

神孫子が両手でミトの左手を摑んでいる。薄くなり始めた体が、再びはっきりとした輪郭を取り戻す。

「行くな！　ミト君、行かないでくれ！」

「先生……っ！」

見たこともないほど強い意志を持った神孫子の瞳に、ミトは動揺する。いつも穏やかな微笑で内面を隠していた神孫子が、今感情をむき出しにしている。悲しみと怒りに満ちたその顔から目が離せない。

「笑っててくださいだって？　君なしでどうやって笑えと言うんだよ！　君以外の誰と幸せになれと⁉　僕が誰かを幸せにできるとしたら君だけだ！　この世界でたった一人、君だけしかいないいんだよっ！」

神孫子はものすごい力でミトを引き戻そうとするが、リロイもミトの手を離さない。ミトの体は少しずつ崖から離れ始め、神孫子の足は次第に道の端へと引きずられていく。

「おいっ！　危ねぇって！」

小林が神孫子を羽交い締めにして止めようとするが、それでも神孫子はミトの手を離そうとしない。

ミトはあわててリロイを振り仰ぐ。リロイはわずかにも表情を崩していない。両手はしっかりとミトの手を握ったままだ。お迎えうさぎの中でも特に規律に厳しいリロイが、途中で任務を放棄することなどあり得ない。

「先生！　手、離してください！」

振りほどこうとするが、神孫子の手は貼りついたようにがっしりとミトの手を摑んでいて、離れてくれない。

「いや、離さない！　絶対に離すもんか！　君はさっき僕の気持ちはわかっていると言ったけど、全然わかっていない！　僕は言ったよね？　君以外の人を好きにはなれないと！　一人になったら君と渚君のことだけを交互に思い出しながら生きていくと！　あのとき、一緒にいると言ってくれたじゃないか！　全部嘘だったのかっ⁉」

「先生……っ」

血を吐くような叫びがミトの心を揺さぶる。

嘘ではない。あのときはそう思っていた。けれどその後、自分が神孫子の死期を早めていることを知ってしまったから……。本当はそばにいたかったけれど、別れるのが神孫子の幸せのためだと思ったから……。

「ミト、いや小林渚、心を乱すな。もしもここで昇天を拒否したら、おまえは永久に地上に縛りつけられ怨霊と化すかもしれないぞ」

リロイの冷静な声が耳を素通りする。ミトはただ、神孫子を見つめる。

想いのすべてをぶつけて自分を求めてくる彼の姿は、大人気なくて到底スマートとは言えないかもしれない。それでも、心を動かされる。悲しみも寂しさもなくなってくれるはずなのに、どうしてか涙が溢れてくる。

「まさか僕のために別れるなんて思ってるわけじゃないだろうね⁉　本当に僕のためを思うなら、どこにも行くな！　一度君を失って空《から》っぽになって、もう一度取り戻したらまた行かれてしまうなんて到底耐えられない！　……離してくれっ！」

ズルズルと崖っぷちまで引かれた神孫子が、必死で彼を押さえつけている小林を振りほどこうとする。

「馬鹿野郎っ！　あんた、一緒に死ぬ気かっ？」

「先生、危ないからっ！」

「構うもんか！　また空っぽになった心を抱えて君がいない人生を虚しく生き続けるよりは、いっそのこと僕も連れて行ってくれ！　そのほうがずっといい！」

突き飛ばされた小林がその場に倒れ、引き止めるものを失った神孫子の足が宙に浮く。

「先生っ‼」

「まだまだ足りないよ！　全然足りない！　僕はまだ君に何もしてあげられていない！　霊

でもうさぎでもいいからこれまでどおりそばにいて、僕に教えてくれ！　誰かを幸せにする喜びを……愛する人と二人で過ごす幸せな日々を‼」

支えを失った神孫子の体がガクンと重力に引っ張られ、ミトの手を摑んでいる両手が滑り落ちて行く。

離れる寸前、ミトはその手をしっかりと握り直し、同時にリロイの手を振りほどいた。

「はい！　一緒にいます‼」

叫んで、神孫子の胸に飛びこんだ。強い腕がしっかりとミトの体を抱き留める。

『僕はもう大丈夫だから天国で見守っていてね』と涼やかな笑顔で見送られるよりも、本当はこんなふうに引き止めてほしかったのかもしれない。大丈夫だから、もう思い残すことはないから、と思おうとしていたけれど、やはり無理だ。

（俺、嘘ついてた……）

自分を思い出にして新しい恋をしてほしいなんて、本当は思っていなかった。自分だけの神孫子でいてほしかった。自分だけが、彼を笑わせてあげる存在でいたかった。

傲慢で、自分勝手で、わがままな想いかもしれない。神孫子にとっての本当の幸せを考えているとは言えないのかもしれない。

けれど、ミトははっきりと断言できる。

神孫子を世界一愛しているのは自分だ。そして、彼を世界一幸せにできるのも。

渚のときもそうだったが、落下するまでの一瞬は当人にとってはまるでスローモーションのように感じるものだ。

神孫子の顔を見る。笑っている。ミトも笑っている。こんな大変なときなのに、二人一緒だから最高の気分で笑っていられる。

この後はどうなるのだろう。この場所に二人で霊となって残るのもいいかもしれない。どうなろうとどうでもいい。確かなことは一つだけ、もう二度と握った手を離さないということだ。

——愛しているよ。

神孫子が微笑み、唇の動きで伝えてきた。ミトは頷き、その唇に自分の唇を押しつけた。

*

梅雨の晴れ間の日差しが病院の広い庭をやわらかく包んでいる。植えこみのクチナシの花の真っ白い色が目に眩《まぶ》しい。雨が降り続く湿っぽい季節だが、花壇に咲く初夏の花は色鮮やかで見ていると元気が出て来る。

「ホント綺麗に咲いてくれてありがとう。先生喜ぶよ」

手にした青紫色のあじさいの花束に、ミトは笑顔で話しかける。家の庭に咲いていたもの

を切ってきたのだ。窓辺に飾ってあげれば、もしかしたら神孫子が気づいてくれるかもしれない。

(この十日間、ずっと日を開けてくれないけど……)

崖からともに転落したミトと神孫子は、途中で張り出した大きな枝に奇跡的に引っかかり下までは落ちずに済んだ。小林とリロイがすぐに助けを呼び、適切な応急処置をしてくれたのもよかったらしい。

神孫子の胸に守られるようにしっかりと抱きこまれていたミトに大したケガはなかったが、神孫子は落ちたときに頭を打ったようで今も意識が戻っていない。検査の結果、幸い脳に異常はなく、そのうち目を覚ますだろうというのが医師の見解だった。

三日で退院できたミトは神孫子と暮らした家に帰り、こうして毎日病室へと通っている。神孫子の意識が戻ることを一心に祈りながら。

花壇の切れ目に、のどかな晴れの日には不似合いな黒服のシルエットが見えた。

「リロイ!　お見舞いに来てくれたんですか?」

笑顔のミトが駆け寄ると、クールな大先輩は思い切り顔をしかめた。

「私の経歴に傷をつけてくれた男を、なぜ見舞ってやらねばならないんだ」

霊を無事に送り届けられなかった場合、お迎えうさぎには大きなマイナスポイントがつく。誉《ほま》れ高い監督うさぎの彼が減点されたのは、おそらくうさぎ人生で初めてだっただろう。

「ごめんなさい」とミトは首をすくめた。

「それでどうだ？　その後」

「はい、変わらずです。まだ目覚めません」

「あの男ではない。おまえだ」

「あー、えーっと、やっぱり戻れないし、見えないみたいです」

崖から転落した後、ミトは人間体のまま固定してしまった。霊にもならず、お迎えうさぎにも戻れなくなってしまったのだ。その上霊感ごとなくなったのか、あの日以来さまよっている霊もまったく見えず気配すら感じることもない。うさぎに戻れない以上ずっと人間体でいるわけだが、パワーが減ったと感じることも体に傷ができたりすることも一切なくなった。

「リロイ、俺お迎えうさぎじゃなくなっちゃったんでしょうか？」

なんだか心もとなくなって恐る恐る尋ねると、リロイは呆れ顔でフンと鼻を鳴らした。

「おまえがお迎えうさぎになった目的はもう達したのだろう？　だったら役目は返上ということだ。もちろん私の判断ではなく、もっと上にいる方のご判断だろうがな」

「ってことは……今の俺って何なんでしょう？」

「人間体のみ残って固定化したのだから、それがすべてだろう。そもそもおまえは人間の霊だったのだから、最初から極めて人に近いお迎えうさぎだった。加えて人間のパワーを吸い取ったり人間の男と交わったりすれば、人間化が進むのも無理はない」

「リ、リロイっ」

ミトは真っ赤になって周囲を見回す。幸い誰も二人の会話を聞いている者はいない。

「だが、お迎えうさぎが人間として固定化したという例は、私の知る限りにおいては初めてだ。そもそも我々はうさぎのプライドにかけて、人になりたいなどという愚かな望みは抱かないのが普通だからな。おまえは最初から最後まで、究極のレアケースだったというわけだ」

リロイは淡々と言って細い指で眼鏡を直す。

「それで？　感想はどうだ」

「えっ？」

「人間になった感想だ。おまえは尊い役目や特別な力を失った代わりに、平々凡々なつまらない一人の人間として、好きな男と凡庸極まりない短い一生を送ることになる。私には到底耐えられないことだが、ぜひおまえの気持ちを聞いてみたい」

「最高です！　最高に嬉しいです！」

背筋を伸ばしキラキラした瞳で正直すぎる感想を述べるミトを、リロイは嫌そうに見て嘆息を漏らす。けれど、『それならいい』と言ったその口もとが、ほんの少しだけほころんで見えたのは目の錯覚だろうか。

「リロイ、俺いろいろ心配や迷惑かけちゃって……ホントにすいませんでしたっ」

恐縮しきって神妙に頭を下げるミトに、リロイは肩をすくめてみせる。

「おまえについては最初から諦めている。それに、あのとき手を離してしまったのは私の失態だった。あの男にものすごい力で引っ張られて閉口したぞ。おかげでまだ腕が痛い」

リロイは文句を言いながら細腕をさするが、それは全部嘘だ。自分から手を振り払ったのはミトだし、リロイほどのお迎えうさぎが人間の力に負けたりするわけがない。その気になれば強引に神孫子の手を離させることだってできたはずだ。

十日間ずっと考えていた。おそらく自分たちは偶然、運よく張り出した枝の上に落ちたわけではない。リロイがタイミングを見て手を離してくれたに違いない。けれどそのことを言っても断固として否定されるのはわかっているので心の中だけに留め、ミトはお礼のみを言った。

「ホントにいろいろありがとうございました。心から感謝してます。もしもリロイのために俺にできることあったら恩返しに何でもしますから」

「ただの人間に何ができる」

馬鹿馬鹿しいという顔で首を振り、恩人は背を向けた。

「人間ミト、おまえはもう私の部下ではない。短い生を好きに生きるがいい。死に際に呼べば、迎えにくらいは来てやろう」

背筋を伸ばした美しい後ろ姿が毅然《きぜん》と遠ざかっていく。ミトは心の中でもう一度感謝しながら、神々しいその背に向かって深々と頭を下げた。

リロイと会えたこと、話したことを神孫子にも伝えようと、ミトは病室へと急ぐ。意識がない神孫子に、ミトは毎日いろいろと話しかけている。きっと神孫子は眠りの中でもちゃんと聞いていてくれるはずだから。

病室の前に誰かが立っているのを見て、ミトはふと足を止める。入ろうかどうしようかためらっている様子のその人物を認め、口もとが自然に笑みくずれた。

「兄ちゃんっ」

速足で近寄るミトにハッとし、小林は思い切り気まずげな顔をして「おう」と短く応じた。

この十日の間小林は何度か様子を見に来てくれたが、病室には入らずミトとろくに話もせずに逃げるように帰ってしまうのが常だった。常識では考えられないようなことが目の前で起こって、ミトにどう接したらいいのか彼自身わからないといった様子だった。けれど最初のうち、入院に必要なものを揃えて持って来たり手続きをしてくれたりしたのは小林なのだ。嬉しかった。

「お見舞いに来てくれたんだね。どうぞ入って。先生きっと喜ぶよ」

「いや、やっぱいい。目が覚めたらまた来ることにする」

「ホント？　じゃ、覚めたら連絡するから、絶対来てよ」

「ああ、頼むわ」

会話が途切れる。いつもの彼ならここで帰ってしまうところだが、今日は立ち去ろうとしない。さんざんためらってから、小林はミトとちゃんと目を合わせて口を開いた。

「それでおまえ、今はその……どうなんだ？」

「どうって？」

「だから、その、お迎えうさぎやってんのかってことだよ」

言いづらそうに目をそらす小林にミトは笑いかける。

「それがさ、俺もうお迎えうさぎじゃなくなっちゃったみたいなんだ。今は普通の人間。なんとね、霊感もなくなっちゃったんだよ」

「そ、そうなのか……」

小林はホッと息を吐いた。安堵したように見えた。

「あの日あったこと、俺なりにずっと考えてた。あれはマジであったことか、いや、俺の頭がおかしくなったんじゃないかってな」

無理もない。それは普通の反応だろう。

「もともと霊とかあまり信じてなかったし、ましてやお迎えうさぎがいるとか想像してみたこともなかったからな。けど、あれは全部……やっぱ、現実だった」

「信じてくれるんだ」

小林は微かに頷く。苦い顔は単なる照れ隠しなのかもしれない。

「あれからおまえに返してもらった日記、俺も何度も読んでさすがにわかったよ。渚があいつ……神孫子先生に本気だったってこと。それと……先生のほうもそうだったってのは、あのときわかったし」

　小林の目が病室の扉に向けられる。その奥に眠っている神孫子に語りかけるように続ける。

「あのとき……おまえが昇ってくとき、あの人おまえの手を迷わず両手で摑んだだろ。自分が崖から落ちるってのまったく気にしてなくて、全力で行くなって訴えて。あれ見て、ああ渚のヤツこんなに想われてたんだって思ってな。だったら、おまえも幸せだったんだろうって」

「兄ちゃん……」

　あのとき小林が必死で神孫子を止めてくれていなかったら、神孫子はすぐに崖下に落ちて行ってしまったかもしれない。小林とリロイのおかげで、ミトと神孫子は命を取り留めた。

「まぁ、俺があの人に突っかかってたのも、自分が渚に何もしてやれないで死なせちまったっていう八つ当たり的なとこもあったんだよな、実際。そのことはやっぱ詫《わ》びないとだから……助かってよかったよ。おまえたち二人とも」

　そう言って、小林は初めてわかりやすい素直な笑顔を見せた。

　最初に小林を見たのは大学のそばの暗がりで、彼は神孫子を見張っていた。『ぶっ殺してやるつもりだった』と言っていた。その頃のつらく悲しげな影は今はまったくない。

　小林とこんなふうに話せるようになる日が来るとは思わなかった。ミトの瞳も嬉しさで潤む。

「兄ちゃん、ホントにありがとう！」

「おまえ、やっぱそれやめろ」

「えっ？」

キョトンとするミトに小林は苦笑で片手を振る。

「あー、だから、考えたんだよいろいろ。それで、おまえはやっぱミトだって思った。前は渚だったけど、今はミトだろ。俺の弟じゃなくて、ミトでいい」

ミトとどうつき合っていったらいいのかも、小林はたくさん考えてくれたのだろう。それはきっと彼が悩んだ末に出した答えだ。

「もしかしてまだ疑ってる？　俺、渚の記憶もちゃんとあるよ？」

「いや、さすがに疑ってねぇよ。ただ、あいつはやっぱ一度死んだだろ？　俺ももうちゃんとそれは受け入れられた。あいつが死ぬ瞬間も笑ってたってことも知って安心した。だから、おまえも新しく始めろよ、ミトで。それがいいって」

「兄ちゃん……でも、俺が一緒にいなくて寂しくない？」

「バッ、寂しいわけねぇだろっ。世話のかかる変わりもんの弟の面倒をこの先また見ろってのかよ」

軽口めかしてハハッと笑ってから、小林は急に真剣な顔になり目を細めてミトをじっと見つめた。伸ばされた指先が微かに頰に触れる。彼は今きっと、ミトの中の渚を見ている。

「ありがとな、俺の弟でいてくれて。今度こそ幸せになれよ」

一瞬泣きそうに顔をしかめたがすぐに笑い、「じゃ、またな」と背を向け歩き出す。

「ねぇ！　前みたいに『お兄さん』って呼んでいい？」

うっかりこぼれてしまった涙をぬぐって明るく声をかけると、「好きにしろ！」と返って来た。

足早に去って行く後ろ姿が通路の角を曲がって消えて行くまで見送ってから、ミトは病室のドアを開けた。

「先生、来ましたよ。今日はちょっと遅れちゃってごめん」

明るく声をかける。返事はない。神孫子は昨日と変わらず静かに目を閉じている。

ミトは花瓶に水を入れてくると切ってきたあじさいの花を早速活《い》けた。

「先生ほら、庭のあじさいが咲いたんですよ。綺麗ですよね。早く帰って見てほしいな」

ちゃんと聞こえているだろうか。頭に巻かれた包帯とつながれた点滴がなければ、普通に眠っているように見える。毎日あまりにも変わらない様子に来るたびに不安になり、ミトはまずその手を握りぬくもりを確かめてしまう。

大丈夫だ。神孫子の手は今日も温かい。

ミトはいつものようにベッドの脇に椅子を持って来て、その手をさすりながら語りかける。

話すことはいっぱいある。渚だった頃の懐かしい思い出、ミトのときの楽しい日々。一つ一つの言葉が神孫子の中にもある記憶を呼び覚まし、意識をよみがえらせてくれると信じて。

「今日ね、ここに来るまでの間に、リロイとお兄さんに会ったんですよ。リロイは言わないけど、心配してたまに様子を見に来てくれてるみたい。それでね先生、リロイが言ってました。なんと俺、普通の人間になっちゃったみたいなんです」

ミトは声を弾ませる。

「先生の大好きなお迎えうさぎじゃなくなっちゃうけど、これでもう先生のパワーを吸い取ったりしないでそばにいられるんですよ。ずっと、一緒にいますからね」

——本当かいミト君？　よかった！　こんなに嬉しいことはないよ。

そんな声が聞こえてくる気がする。

「あと、お兄さんもお見舞いに来てくれたんです。まだ会えないけど、先生が起きたら改めて謝りたいって。お兄さんともリロイとも、これから仲良くしていけるといいですね」

——ああ、そうなれたらさらに嬉しいよね。

「先生……目、開けて……」

窓から優しい初夏の風が入ってきて神孫子の髪を少しだけ揺らす。この部屋だけ時が止まってしまったように、とても静かだ。

このまま目覚めなかったらどうしようという不安は日ごとに大きくなっていたが、ミトはそれを振り切り笑顔を作る。自分が不安でいると、きっと神孫子にもそれが伝わってしまうだろう。

「先生、今日はとてもいいお天気ですよ。梅雨の時期が終わるといよいよ夏ですね。俺今から、先生とどこ行こうかって考えてるんです。あっ、フィールドワークじゃなくて、デートですからね？」

渚もミトも、神孫子と恋人としてデートしたことはない。二人で行ったのは都市伝説的な噂のある怪しい場所ばかりで、目的はあくまで研究の一環だった。

「覚えてますか？　二年前かな。真夏に二人で長野の湖に行ったこと。人魚の歌が聞こえるって噂があるからって、俺先生のこと強引に引っ張って行きましたよね。正直に言いますね。あれ嘘だったんです、ごめんなさい」

意識のない相手にミトは神妙に頭を下げる。

「先生と思い出作りたくて、一緒に景色のいい場所に行きたかったんです。人魚は俺の作り話でした。でもあそこってそういう雰囲気ありましたよね？　先生なんか集音器抱えて走り回って、『今何か聞こえたよね？』とか真剣な顔で」

そのときのことを思い出してミトはクスッと噴き出す。

森の中の神秘的な湖でせっかく神孫子とデート気分を味わえるかと思っていたのだが、嘘をついた罪の意識にさいなまれて楽しめないでいた。どこか無理をしながら、ありもしない歌声を追う神孫子に合わせて湖の周りを駆け回った。そのうち夢中になって二人して湖に落ちかけたりして、ロマンチックどころかバタバタの一日になってしまったけれど、いつのまにか罪悪感を忘れ、腹を抱えて笑っていた。

「すごく楽しかった……。フィールドワークだったけど、俺あれホントに嬉しかったんですよ。あそこの湖の色、真っ青で……今でも覚えてる。俺の人生一番の夏の思い出です」

窓を見る。キラキラした日差しが眩しい。太陽がもうすぐ本格的な夏を連れて来る。それまでに、恋人は目覚めてくれているだろうか……。

――知ってた。

想像ではなく、実際の声が聞こえた気がした。ミトはハッと視線をベッドに戻す。

「知ってたよ……作り話だって……」

うっすらと目を開けた神孫子がミトを見上げている。

「せ、んせ……っ」

夢を見ているのではないかと思う。でも、幻ではない。まだ少し朦朧《もうろう》とした顔の神孫子が、見慣れた笑顔をミトに向けている。

「あの日君は、朝からなぜか沈んだ顔をしていたから……人魚の話は、調査をするほど根拠のある話ではないんじゃないかと思ったんだよね。でもあの頃の僕は、なぜ君があの湖に行きたがったのかわからなかった」

上体を起こす神孫子の背にミトは手を添えて支える。少し痩せてしまったけれど、覚えのある彼の体の感触が腕に伝わる。

「とにかくせっかく来たんだから、君に楽しんでほしいと思って、僕も張り切ってみた。そのうち本当に人魚の歌声が聞こえたような気になってきたよ。そうしたら君も笑ってくれて、僕もさらに楽しくなった。僕にとっても、大切な思い出だよ」

夢でないのを確かめたくて、ミトはそろそろと神孫子の腕や背に触れる。少しずつ体を寄せ、我慢できずにぎゅっと胸にしがみつく。その背を、神孫子は優しく撫でてくれる。

「先生……先生っ！」

山ほど話したいことがあるのに、涙が溢れてきて声にならない。

「泣かないで、ミト君」

困ったように微笑む神孫子が頬に手を当ててくる。

「ところで、ここは天国なのかい？」

「いいえ、病院です。先生と俺、あの崖から落ちたけど、助かったんです。それで、これからは……一緒です。ずっと一緒です！」

もろもろの説明を後回しにして、一番大切なことだけ伝えた。

「本当かい？　ああ……夢じゃないのかな。やっぱりここは天国では？　本当に、君はもうどこへも行かない？　僕と一緒にいてくれるんだね？」

強く抱き締め返されて、信じられないくらいの感動が心に満ちた。

「ミト君、そして渚君、改めて言わせてほしい。愛しているよ。君が僕の世界のすべてだ」

渚に言えなかった分も含めて、神孫子も一番大切なことを告げる。

ずっと、ずっと一緒にいよう。そして、恋人同士の思い出をたくさん作ろう。人間の一生はとても短いけれど、大好きな人を幸せにできるならそれだけで十分すぎるほど価値がある。

目を閉じて、口づけを受け入れた。長いキスが終わったら、ミトも言おうと思った。渚の分と一緒に、神孫子が誰よりも大好きだともう一度ちゃんと伝えようと思った。

これからまた新たに、二人の日々が始まる。

＊＊＊

「だからね、つまり要するに人形というのは文字通り人の形をとったものだけに人間の念がこもりやすい傾向があるんだよね。もともとは人の昇華しきれない負の感情だったものが内に留まり増幅されることによって、今度は人形そのものの念となっていくんだ」

「ですねですね。ねぇ先生、今回のリコちゃんもそうなんでしょうか？」

「その可能性は高いと思うね。人の怨念が今はもうリコちゃん自身の怨念と化していて、あたかも人形が人となったかのように歩いたりしゃべったりし出す。ついには夜中に好いた男の枕元に現れる。ありえないことだとは言い切れないと思うけれど、君はどう思う？」

「や、俺に振るなよ。知らねぇって」

饒舌《じょうぜつ》に持説を披露する神孫子に、熱心に相槌《あいづち》を打つミト。フィールドワークに無理矢理同行させられた小林はげんなりとした仏頂面《ぶっちょうづら》だ。

「お兄さん、先生の話ちゃんと聞いててよ。先生はお兄さんの素人《しろうと》くさい的外れな意見を参考にしたいんだよ」

「おまえ、何気に俺をディスってるな。まぁ、だからあれだろ？　怨念人形って、チャッキーみたいなもんだろ？」

「ん？　チャッキーって何だい？」

「俺も知りません。それ誰？」

「もういいよ……」

三人の会話はいつも同じだ。神孫子が専門的な話を一人語りし、ミトが熱心に聞きながら二人で盛り上がり、聞いても理解できない小林がうんざり顔でとんちんかんな意見を言う。それでもミトに頼まれると毎回フィールドワークについて来てくれる小林は、やはり今でも弟には弱いらしい。

神孫子が目覚めて退院してから、早くも一年がたとうとしている。この一年の間、ミトと神孫子は本当に夢のような日々を送ってきた。一緒に大学に行って、毎日一緒にご飯を食べて寄り添って眠った。

休日には恋人同士のデートもした。遊び目的で出かけたことのない神孫子と恋愛は初めてのミトでは、どんな所に行けばいいのかもわからなかったけれど計画を立てる段階からもう楽しかった。ちょっと思い返すだけで顔がニコニコしてしまう思い出が両手に余るほどできた。

でもやはり一番楽しいのは、二人で行くフィールドワークだ。お迎えうさぎの謎は解けたけれど、まだまだ不思議な都市伝説が日本中にたくさんある。その一つ一つに胸をときめかせながら、ミトは神孫子とあちこち飛び回っている。

完全に霊感を失ってしまったミトはお迎えうさぎだったときのように神孫子の役には立てないが、経験とか知識を総動員して彼をフォローし、支えている。そして、そんな毎日が最高に嬉しい。

「で、どうしてこの俺が、そのチャッキー見物につき合わなきゃいけねぇんだよ？」

「チャッキーじゃなくてリコちゃん。だってお兄さんは霊に好かれるから。特に女の人の」

「小林君の体質は実に貴重だよ、うん。霊に憑《つ》かれやすくてその上本人には何の影響もないなんて、これはもう望んでも得られない稀有《けう》な素質だと思うよ」

「本気で言ってんのかそれ」

天然で絶賛する神孫子に小林が思い切り嫌そうな顔をし、ミトが隣でクスクスと笑う。これもまたいつもの光景だ。

「大体あんた、本が売れてゼミの学生も倍増したんだろ？　そいつらに手伝わせたらどうなんだよ」

半年前、神孫子の新作『お迎えうさぎは天使か？』がめでたく刊行された。それまでのお迎えうさぎの不吉なイメージを一新する内容で、うさぎ本来の役目を正確に伝えたものだ。神孫子が書いた専門的な記述をミトが校正して一般の人も楽しめる読みやすい内容に直し、最後にリロイにチェックしてもらったその本は結構な評判を呼んだ。

美形の神孫子には一都市伝説研究家という以上の話題性があり、テレビ出演の依頼も来たがすべて丁重に断った。神孫子は言っていいことと悪いことの区別がつかなそうだから絶対に駄目だというリロイの意見ももっともだと思ったし、何よりミトも彼にあまり人気者になってほしくなかった。神孫子は、ミトだけの神孫子でいてほしい。

「いやいや、小林君ほどの素質を持った子はゼミにもさすがにいないよ。それに今回は特に危険を伴うかもしれないから、ミト君の身内のようなもので僕の友人でもある君には頼みやすいんだよね」

言った神孫子ではなく言われた小林のほうが照れたようで、チッと舌打ちしながらも目をそらし、「しょうがねぇな」とボソボソつぶやく。横でクスッと噴き出したらパコンと軽く頭を叩かれた。

「それとね、君に同行してほしいっていうのは僕らだけの希望ではなくて……ああ、もう来てるね」

「リロイ〜！」

ミトが手を上げると、噂の怨念人形リコちゃんが安置されている祠《ほこら》の脇に立っていた黒服の美青年は不機嫌そうに眉を寄せた。

都市伝説を追っていく中で、不吉な気が濃く漂い周辺住民に害が及ぶレベルの霊がいると神孫子が判断した場合、ミトがリロイを呼んで霊を送ってもらうことにしている。忙しいのにとブツブツ言いながらも、リロイは毎回協力してくれる。ちなみに地上暮らしが長い彼は人間の生活に順応しており、パソコンもスマホもお手のもの。普通の人間になってしまったミトとは今やメッセージ友だちだ。

「遅いぞ。この私を待たせるとはいいご身分だな」

「げっ、高慢ちきな黒うさぎ野郎！」

天敵の出現に顔をしかめて一歩下がる小林に、レジェンドは虫けらを見るような冷ややかな一瞥《いちべつ》をくれる。

「来たか、依《よ》り代《しろ》。今日も盛大に生霊を引きつれているな」

「まさか俺を連れて来いっつったの、またおまえか？」

これまでもリロイは何度か小林の同行を求めてきた。小林は霊の害を受けずに霊を引き寄せる体質なので助手として最適なのだという。

「今回の怨霊は相当なものだからな。まずは人形の中から引っ張り出さねばこの私をもってしても送ることは難しい。霊がおまえに興味を持って出て来てくれれば仕事がやりやすくなるというものだ」

小林がげんなりした顔で嘆息する。

「おい、おまえがしくじって俺が変なのに憑かれちまったりしねぇだろうな？」

しくじるのひと言にカチンときたらしい。リロイはミトが震え上がるほど怖い微笑を浮かべた。

「さて、どうだろうな。何しろ貞子《さだこ》レベルの怨霊だ。この私ですら太刀打《たちう》ちできるかわからないぞ？」

「マジか……」

サダコさんというのがどういう霊なのかミトは知らないが、相当有名な人らしい。小林は真っ青になって震え上がり、リロイはとてつもなく嬉しそうに笑っている。

「何だかんだで仲が良さそうな二人だよね」

つんけんと言い合っている二人のやりとりを微笑ましく見ながら神孫子が頷く。

「ですね。リロイがあんなふうに笑うのって実は機嫌がいいときなんですよ」

「ねぇミト君、リコちゃんの中の霊を無事に送れたら四人でおいしいものでも食べに行かないか？　実はこの近くの店をあらかじめチェックして、素敵なレストランを見つけてあるんだよね」

神孫子がスマホを持ち上げていたずらっぽく笑う。

「最高！　先生さすが」

以前の神孫子は誰かと外で食事をしようなどと自ら考え、気を回したりするようなタイプではなかった。ミトとつき合うことで幅が広がり外に目を向けるようになってきた彼も、いろいろと少しずついいほうに変わってきている。

神孫子と一緒に、ミトもどんどんいいほうに変わっていきたいと思う。二人の毎日をもっともっと楽しくするために。

「ミト君、ありがとう」

「はい先生。俺もありがとうですよ」

理由もないのに顔を見れば『ありがとう』と言いたくなってしまう、そんな相手が隣にいてくれることが嬉しい。この先もずっと、一緒にいてくれることが嬉しい。

どちらからともなくこっそり手を握り合ったとき、

「そこ、何をしている！　祠を開けるぞ」

「ったく、デート気分かよ、貞子が出て来るってときにっ！」

いらついた二人に叱られてしまった。

クスリと笑って首をすくめたミトと神孫子は「了解！」と声を合わせ、しっかり握った手を離さずに一緒に足を踏み出した。

あとがき

こんにちは。はじめまして。伊勢原ささらです。このたびはこの本『恋するうさぎは先生に夢中』をお読みくださり、本当にありがとうございます。

「洋服を着たうさぎがパタパタ走ったり、頬を赤らめたりしたら最高に可愛いかも」という妄想が、いつのまにかほんわかした恋のお話になりました。一生懸命で明るく人間が大好きなお迎えうさぎのミトと、他人とのつき合い方を知らない孤独な変人学者・神孫子の組み合わせは、二人ともちょっと天然ぽい雰囲気ということもあり終始ほのぼの気分で書かせていただきました。一番大事なことって何だろう？　それはきっとお役目よりも研究よりも、大切な人と二人で笑っていること。運命の二人の恋、お楽しみいただけましたら幸いです。

とにかく陵クミコ先生のかっこ可愛い人間姿のミトと、外見だけは（？）素敵すぎる神孫子が素晴らしくて感激です！　そして何と申しましてもうさぎ姿のミトの可愛いこと！　小林兄やリロイも含めて理想以上の美しいイラストを、本当にありがとうございました。

今回も担当様はじめ関係してくださった皆様、そしてこの本をお手に取ってくださった読者様に心より感謝申し上げます。お読みくださった方のお心に、少しでも温かいものをお届けすることができますようお祈りしています。

伊勢原　ささら

✦初出　恋するうさぎは先生に夢中………書き下ろし

伊勢原ささら先生、陵クミコ先生へのお便り、本作品に関するご意見、ご感想などは
〒151-0051 東京都渋谷区千駄ヶ谷 4-9-7
幻冬舎コミックス　ルチル文庫「恋するうさぎは先生に夢中」係まで。

幻冬舎ルチル文庫
恋するうさぎは先生に夢中

2021年11月20日　　第1刷発行

✦著者	伊勢原ささら　いせはら ささら
✦発行人	石原正康
✦発行元	株式会社 幻冬舎コミックス 〒151-0051 東京都渋谷区千駄ヶ谷 4-9-7 電話 03(5411)6431［編集］
✦発売元	株式会社 幻冬舎 〒151-0051 東京都渋谷区千駄ヶ谷 4-9-7 電話 03(5411)6222［営業］ 振替 00120-8-767643
✦印刷・製本所	中央精版印刷株式会社

✦検印廃止

ISBN978-4-344-84954-9　C0193　　Printed in Japan